U0684250

中国文学大师讲

行人的情思

陈思和

郜元宝

张新颖 等著

四川人民出版社

图书在版编目（ＣＩＰ）数据

中国文学大师讲. 行人的情思 / 陈思和等著. -- 成都：四川人民出版社，2025.1
ISBN 978-7-220-13243-8

Ⅰ. ①中… Ⅱ. ①陈… Ⅲ. ①中国文学—现代文学—文学研究②中国文学—当代文学—文学研究 Ⅳ. ①I206.6

中国国家版本馆CIP数据核字（2024）第057050号

ZHONGGUO WENXUE DASHI JIANG: XINGREN DE QINGSI

中国文学大师讲：行人的情思

陈思和　郜元宝　张新颖　等著

出 版 人	黄立新
策划统筹	李淑云
责任编辑	朱雯馨
装帧设计	李其飞
责任校对	吴 玥
责任印制	周 奇

出版发行	四川人民出版社（成都三色路 238 号）
网　　址	http://www.scpph.com
E-mail	scrmcbs@sina.com
新浪微博	@四川人民出版社
微信公众号	四川人民出版社
发行部业务电话	（028）86361653　86361656
防盗版举报电话	（028）86361661
照　　排	四川胜翔数码印务设计有限公司
印　　刷	四川五洲彩印有限责任公司
成品尺寸	130mm×185mm
印　　张	5.5
字　　数	95 千
版　　次	2025 年 1 月第 1 版
印　　次	2025 年 1 月第 1 次印刷
书　　号	ISBN 978-7-220-13243-8
定　　价	48.00 元

▶目 录◀

人性的幽光到底能照多远

文贵良讲吴组缃《菉竹山房》

一

吴组缃的短篇小说《菉竹山房》写于1933年，讲述的是一个凄美而惨痛的故事。这篇小说的结尾非常独特，被誉为"欧·亨利式的结尾"。欧·亨利是19世纪美国小说家，又是世界著名的短篇小说作家。他的小说结尾往往既在情节发展之中，又出人意料，给人意想不到的惊奇感受，所以被称为"欧·亨利式的结尾"。《菉竹山房》也有这样一个结尾，正是这个结尾，显示了人性幽光的强大力量。

小说中的叙事者是"我"，"我"带着新婚的妻子阿圆从城市回到家乡后，去看望二姑姑。二姑姑的住宅叫菉竹山房。小说的题目就是以二姑姑的住宅命名的。二姑姑年轻的时候喜欢一个读书人，两人互相爱慕，在后园里偷尝禁果，被人抓住。二姑姑从此被人瞧不起。那个读书人赴南京赶考，不幸落水而亡。二姑姑听到死讯后上吊自杀，被人救活。男方家觉得二姑姑有情有义，征得女方家长同意，就让二姑姑抱着这个读书人的灵牌成亲。这时候，二姑姑十九岁。这就意味着二姑姑要守一辈子的活寡。

这一段故事在小说中只有简短的几行文字，作者也没有做任何评论。但我们不得不提出一个问题：十九岁的二姑姑为什么会抱着死人灵牌成亲？

有人会认为，二姑姑不去抱不就行了？问题不那么简单。首先，在那个时代，不是二姑姑想抱着死人灵牌成亲就能抱着死人灵牌成亲。这也要双方家长同意，尤其是男方家长同意。二姑姑与读书人的恋爱故事，在古时候属于私订终身，在现代属于自由恋爱。私订终身，而且有出格的行为，就双重违背了封建礼教，给双方家庭带来了奇耻大辱。是二姑姑上吊自杀的行为获得了男方家长的赞许，男方家长才向女方家长提出抱着灵牌成亲的。

当然，二姑姑自己也要同意。

小说并没有写二姑姑为什么愿意抱着灵牌成亲的心理，但对于一位名誉扫地的闺秀，如果不抱着灵牌成亲，又有什么其他出路呢？待在娘家，娘家也很嫌弃。抱着灵牌成亲，这在封建礼教中被称为"守节"。二姑姑守节的结果，恢复了双方家庭的名誉，也恢复了二姑姑的名誉。二姑姑的恋爱，以违背封建礼教开始，以遵从封建礼教结束。

二

那么，现在的箓竹山房以及二姑姑状态如何呢？

箓竹山房高大阴森，宽大的住宅常年只住着二姑姑和她的丫头兰花。而二姑姑呢，阴暗、凄苦、迟钝。二姑姑和兰花完全生活在一个现实与她们的幻想交织的阴暗世界中：她们称蝙蝠为"福公公"，称燕子为"青姑娘"，还说姑爹——也就是那个落水而亡的读书人——每年都回来，戴着公子帽，穿着宝蓝衫，常常在园子里走。这些景象与叙说，给人阴森可怖的感觉。箓竹山房就像一座巨大的古墓，古墓中生活着二姑姑和丫鬟兰花。她们就像活死人，没有任何生气，仿佛只是在等待死亡的到来。

当天晚上，"我"和妻子就住在箓竹山房里。风雨大作，"我"和妻子被窗外的两个"鬼"吓了一大跳，小说是这样描写的：

> 我看门上——门上那个册叶小窗露着一个鬼脸，向我们张望；月光斜映，隔着玻璃纱帐看得分外明晰。说时迟，那时快。那个鬼脸一晃，就沉下去不见了。我不知从哪里

3

涌上一股勇气，推开阿圆，三步跳去，拉开门。

门外是两个女鬼！

一个由通正屋的小巷窜远了；一个则因逃避不及，正在我的面前蹲着。

"是姑姑吗？"

"唔——"幽沉的一口气。

我抹着额上的冷汗，不禁轻松地笑了。

我说：

"阿圆，莫怕了，是姑姑。"

小说到此结束。小说结尾这一"窥房"的情节是神来之笔，令人惊悚，令人震惊，完全称得上"欧·亨利式的结尾"。谁能想到白天那个看上去心如死灰的二姑姑，还有窥房的冲动，并且晚上还付诸行动？二姑姑窥房的情节看上去很荒唐，她几十年没有性爱生活，因压抑而变得有些扭曲。但从人性的角度看，又合情合理，是人性的自然流露，同时也是对封建礼教的嘲讽与反抗。

人性中有自然人性，有社会人性。自然人性中，生理的性是核心部分。古人说：食色，性也。这里的"性"，就是自然人性；"色"就是"生理的性"。在人类社会中，生理的性需要礼教来规范和引导；但礼教不能以压制甚至扼杀的方式对待生理的性。在二姑姑身上，封建礼教试图变成一把锋利的剪刀，把她身上的人性当作柔嫩的小草剪掉。但它不过是成了一块大石头，把这棵小草压得弯弯曲曲。小草一旦有机会，就会钻出来，显示人性幽光的力量。

三

与二姑姑的故事有点相似的是《白鹿原》中的冷秋月的故事。

冷秋月是白鹿原冷先生的大女儿，是白鹿原数一数二的好姑娘。她嫁给鹿子霖的大儿子鹿兆鹏。他们两人可谓门当户对，郎才女貌。但不巧的是鹿兆鹏一心扑在革命事业上，坚决不与妻子同房、生小孩。因此，冷秋月自从嫁过来，就没有性爱生活。有丈夫之人，没有丈夫之实，这比二姑姑的遭遇更惨。

一天晚上，她公公鹿子霖喝醉酒回家，她开门；鹿子霖以为是自己的老婆，就在媳妇的胸脯上摸了一下，还亲了一下脸。当时，冷秋月十分窘迫，好在鹿子霖没有进一步的行为。但是，这一摸一亲，唤起了冷秋月对性的渴望，她变得焦躁不安，晚上睡不着。她试图勾引鹿子霖，被鹿子霖拒绝后并遭到语言上的羞辱。不久，冷秋月疯了。

冷秋月发疯，是人性长期遭受压抑的结果，也是对礼教的无声抗议。既然鹿兆鹏不与冷秋月同房，为什么两人不离婚呢？冷秋月与鹿兆鹏的婚姻时代，还是1930年前后的时代，白鹿原的人们还不能接受离婚的观念，尽管民国已经有关于离婚的法律。冷秋月自身不可能提出离婚，因为她接受的是嫁鸡随鸡嫁狗随狗的传统观念。而且，无论是鹿兆鹏提出离婚，还是冷秋月提出离婚，都会使得冷家和鹿家蒙羞，冷先生与鹿子霖绝不会同意。冷秋月如果没有与公公鹿子霖那场误会，会像二姑姑在箖竹山房守着死人灵牌一样等待着鹿兆鹏的回心转意。她因性爱的觉醒意识而变得发疯的结局，是采用一种自我毁灭式的方式向白鹿原的礼教提出了强大的抗议。

其实，二姑姑的自杀也是一种自我毁灭，只是没有成功。二姑姑"窥房"情节之前的叙事中，二姑姑一直被"我"和阿圆这对城市里来的年轻夫妇观察打量，成为城市现代青年人审视的对象；而在窥房情节中，"我"和阿圆反过来成为二姑姑所审视的对象，只是这一审视没有实现，情节再度让二姑姑成为"我"和阿圆审视的对象。情节上的这种审视与被审视关系，把"我"和阿圆这对城市夫妻与二姑姑放在对立的位置。但这一对立中，却暗含着一种人性上的贯通。

明白地说，"我"和阿圆这对现代城市夫妻恰好是年轻的二姑姑与那个读书人的升级版，或者说理想模式，即自由恋爱，互相尊重，志趣相投。在这样的夫妻关系中，人性的光辉最完美、最绚丽。

爱情是一种颠覆性的想象

严锋讲王小波《革命时期的爱情》

一

王小波英年早逝，是划过中国文坛的一颗流星，但这颗流星的亮度很高，光芒很长，照亮了许多人的心灵。许多人爱他思想的自由不羁、鲜活锐利，也爱他文学的奇思异想、颠覆奔放。关于王小波的文学成就，我们这里需要先稍微讲一下，因为这关系到后面对这部作品的解读。

一般来说，大家对王小波的杂文都非常赞赏，但对他的小说存在不少争议，不少人认为他的小说文学性不强，议论太多，叙述者太突出，过于直白，也缺少精细的结构。这就涉及一个问题：什么是文学性，文学是否就应该完全是感性的，文学与理性思维的关系如何。其实，文学史上一直有一个哲理小说的传统，从狄德罗、陀思妥耶夫斯基，到王小波本人十分喜爱的昆德拉，他们的作品都贯串了对社会、历史、人性的理性思考。再看中国小说，一直缺少一个思辨的传统，所以说王小波其实在这方面填补了一个空白。

他的小说其实是他思想的土壤和形象化的场景，同他的杂文是一体两面，要从这样的角度才能更好地理解他的创作风格。《革命时期的爱情》就是把他散落在杂文中对于人性、时代、爱情等的思想以形象的方式烩于一炉，在两性关系的描写上，达到了前所未有的深度。

作品中的男主人公叫王二，这是一个出现在王小波许多小说中的名字，某种意义上可以视为作者本人的化身。很多文学家都会把自己写进作品，但是写得像王小波这样坦率、直白、不加矫饰的是很少见的。

我们可以看一下这个王二，他身材矮小，相貌丑恶，浑身是毛，整天胡思乱想，与环境非常脱节，还有暴力倾向。在我们熟悉的文学作品中，通常这就是一个坏人的形象，非常不符合我们对爱情小说主人公的期待。但是王二的内心其实有非常个人化的精神追求，这种追求又与他所处的时代和环境产生巨大的冲突。这是一个在非典型的历史时期的非典型的人物所遭遇的非典型的爱情故事。

故事发生在"文化大革命"的年代，我们都知道"文革"是一个非常不正常的历史时期，法制、传统和社会规范遭受巨大破坏，但是人的思想又遭受空前的禁锢，爱情在当时被认为是属于资产阶级的，在当时的文艺作品中不允许表现，也从公共媒体上销声匿迹。但爱情是人的天性，靠禁是禁不住的，而且越禁越好奇，越禁越向往，越禁越强烈，就像石头下的小草，会顽强地以各种姿态从各种缝隙钻出来。当然这会是一个艰难压抑的过程，带着扭曲与伤痕。

小说写王二在一家豆腐厂工作，一开始就遇到了大麻烦，被误认为是厕所里的一幅淫秽图画的作者，这种画在当时是非常普遍的，正是人性被过分压抑的一种表现。但不幸的是，这幅画被认为画的是他厂里的一位女领导，威风凛凛、道貌岸然的老鲁，这就问题严重了。老鲁常常朝王二猛扑过来，要撕王二的脸。王二呢，当然就要想办法逃脱。如果按照之前批判"文革"的伤痕文学的写法，这就是一个冤案和平反过程，反思"文革"对人性的压抑和无辜者的迫害。

但是我们看到，王小波的描写很快就偏离了套路，向我们展示了别样的风景和另类的情调。小说一开始就写这两位斗智斗勇，各显神通。他们追得鸡飞狗跳，上天入地，但王二总能想法脱逃，老鲁也总是功亏一篑，她最好的成绩是抓到王二的一只鞋。大家有没有觉得这个画面有点似曾相识呢？没错，这就是《猫和老鼠》中的场景。猫与鼠是天敌，但他们也是一种永恒的追逐游戏的玩伴。在这个游戏中，需要有人扮演追逐者，也需要有人扮演被追逐的对象。

二

那么，这个游戏的乐趣何在呢？王小波在后面道出了真机：

> 假设你是老鲁罢，生活在那个乏味的时代，每天除了一件中式棉袄和毡面毛窝没有什么可穿的，除了提着一个人造革的黑包去开会没有什么可干的，当然也会烦得要命。现在男厕所里出了这些画，使她成为注意的中心，她当然要感到振奋，想要有所作为。这些我都能够理解。我所不能理解的，只是她为什么要选我当牺牲品。现在我想，可能是因为我总穿黑皮衣服，或者是因为我想当画家。不管是因为什么罢，反正我看上去就不像是好人，这一点是毋庸置疑的了。

最能证明这场猫鼠追逐的游戏性的，是最后王二被追得烦了，不想逃了，停下来准备正面迎战。结果老鲁身子一晃，朝他身边的一个人扑去。游戏是需要双方玩家配合的，其中一方退出，另一方就会觉得索

11

然无味。把看似严肃的政治运动和道德诉求游戏化，这是王小波作品中常用的解构策略。这种解构的意义，一方面颠覆了那些道貌岸然的形象，另一方面也让传统的迫害者与被迫害者的关系变得模糊和复杂起来，这是王小波非常深刻的地方。

老鲁对王二的追逐是一个开场游戏，概括性地暗示了压抑与虐待。接下来王二与×海鹰的故事就是正片了。由于王二的种种所谓的不端行为，他被认为是落后分子，由团支书×海鹰进行"帮教"。这是一个很有时代特色的词，从前指先进分子对落后分子进行帮助教育，提高他们的觉悟，改造他们的思想。他们定期在一个房间里单独见面，×海鹰要王二向她汇报以往的经历和不端的想法，然后由她来清理王二灵魂中的那些脏东西。这对于天性散漫、自由不羁的王二来说当然是一个痛苦的过程。

但是这个过程如同老鲁对他的扑打，很快就偏离了预定的轨迹。小说里这样写道：

到了五月初，我到×海鹰那里受帮教时，她让我在板凳上坐直，挺胸收腹，眼睛向前平视，双手放在膝盖中间，保持一个专注的模样。而她自己懒散地坐在椅子里，甚至躺在床上，监视着我。我的痔疮已经好了。

除此之外，我还受过体操训练——靠墙根一站就是三小时，手腕绑在吊环上，脚上吊上两个哑铃；这是因为上中学时我们的体育老师看上了我的五短身材和柔韧性，叫我参加他的体操队，后来又发现我太软，老要打弯，就这样调理我。总而言之，这样的罪我受过，没有什么受不了的。除此之外，×海鹰老在盯着我，时不常地呵斥我几句。渐渐地我觉得这种呵斥有打情骂俏的意味。因为是一对男女在一间房子里独处，所以不管她怎么凶恶，都有打情骂俏的意味。鉴于我当时后进青年的地位，这样想实在有打肿了脸充胖子的嫌疑。

这些帮教的场景是这部小说最精彩的部分。可以毫不夸张地说，这是中国文学，乃至世界文学中前所未有的爱情场景，其中包含了非常复杂的性、权力、身体、政治的关系，其层面之多，意义之复杂，反转之激烈，足以令人头晕目眩，改变三观。

从最表面的形态来说，这是一个当年常见的教育场景，先进人物用高尚的思想改造落后的青年。从教育的手段来说，×海鹰让王二不停地自我检讨，于是王二不得不把自己以往的个人历史和私心杂念向她倾诉，这与神职人员听教徒忏悔不无相通之处。这种对私人内心的粗暴入侵，包含了身体性的惩罚和规训，又马上进入到王小波最拿手和最热衷的场景：审讯与虐恋。

三

在王小波的另一部作品《似水柔情》中，警察小史抓了一个同性恋阿兰，连夜审讯，听阿兰讲自己的性爱经历，还对阿兰使用了暴力，没想到阿兰有受虐倾向，正中下怀。在这样一种奇特的施虐 / 受虐、拷问 / 交代的关系中，小史最终发现了真实的自我。

与此相似，在《革命时期的爱情》中，王二的坦诚交代，让 × 海鹰反感恶心，也让她觉得新鲜刺激，欲罢不能。在一个更基本的层面，在一个精神单一、文化匮乏、极度压抑的时代，两个思想背景反差极大的年轻人密室独处，肢体相接，灵魂裸呈，最后的发展结果，既有违和之感，又在情理之中。这里有权力关系的体现，控制与反控制，仇恨与复仇，扭曲的灵魂，也有真诚的人性，对爱的渴望，在绝望和无聊中爆发的激情，宛如世界末日的荒岛场景。

然而，作品对爱情的探究还远没有停留于此。那个时代让 × 海鹰对爱情的想象限定为暴力和下贱，她必须把自己想象成牺牲者、受害者，把王二想象成凶残的敌人，这样才能维护自己的正义性，但这又反过来强化了性的魅力。在这里，王小波表达的是他对爱情的一个最核心的观念，那就是爱情其实是一种建构，一种想象，一种角色扮演的游戏。在他看来，爱情具有一种颠覆性的力量，能够超越现实，翱翔于人类的苦难之上。这其实也不是王小波独有的观点，从某种意义上来说也是古往今来一切伟大文学中爱情描写的真谛。

王小波的贡献，在于他善于在爱情最困难的时刻，最不容易发生的地方寻找爱情最不可思议的表现形态，并让我们对爱情的意义刮目相看。我们有理由因此对他表示感谢。

爱是心心相印，不是互相占有

陈晓兰讲舒婷《致橡树》

一

舒婷是当代文学史上非常重要的一位女作家，当代中国朦胧诗派的重要代表人物。

按今天时髦的代际划分，舒婷属于 50 后，1952年出生于福建龙海石码镇，十七岁下乡插队，二十岁时从农村回到城里进工厂当工人，据说做过水泥工、挡车工、浆纱工、焊工，在今天看来，这些工作应该由男性来承担，但是，在那个"妇女能顶半边天，男人女人都一样"的时代，在强调两性平等的同时，也于无形中抹杀了性别差异和女性的特性。

实际上，岂止是女性的独特个性被无视，男性的个性又如何呢？舒婷在农村和工厂度过了她的青年时期，这个时期对于一个诗人来说是至关重要的，她青年时期的这段人生体验对于她的人生观念和两性观念必然会产生很大的影响。

舒婷在下乡插队落户期间就开始了文学创作，20世纪70年代末开始发表作品。《致橡树》这首诗于1979年发表于《诗刊》杂志，引起普遍反响，可以说在文坛和社会上引起的震动，堪与1928年春《小说月报》发表丁玲的《莎菲女士的日记》所引起的反响相比。

《致橡树》所提出的爱情观和女性对于男性的理想可以说是继承了五四理想，与丁玲《莎菲女士的日记》中莎菲所追求的爱情和理想中的男性有一定的继承关系。随着现代男女两性的平等和女性的解放孕育而生了一大批优秀的女性，这些女性对于男性的要求也非常高，她们不仅要求男性在日常生活和社会生活中平等地对待女性、尊重女性的自由独立和人格尊严，而且要求男性自身也要有独立人格和人的尊严，希望他们品格高尚、具有社会担当。

毫无疑问，《致橡树》是当代文学的经典之作，在我看来，它不仅仅是一首爱情诗，更是一份宣扬两性平等、人格独立的女性宣言。

诗中对于男性和女性都寄予了很高的期望。

她把男人比作橡树，把女人比作木棉，他／她们彼此既有本质上的相通，又有着各自独特的气质和特性。橡树的特征是枝干粗壮、枝叶茂盛、根系发达，具有顽强的生命力，耐干旱，抗严冬，不受虫害，不易腐蚀。橡树具有旺盛的繁殖能力和顽强的自然生长力，可以在高冈河谷、荒山野岭、沙丘薄地发芽生根，长成蔚为壮观的参天大树，其茂盛的枝叶是鸟类栖息、繁衍的天堂。橡树的果实可以食用。据古人记载，灾荒之年，可以靠橡子充饥活命。在中国，橡树林主要分布在北方。

相比于松柏、杨柳，橡树似乎在中国文化中没有特别的地位和丰富的象征意义。但是在西方文化中，橡树却具有重要的地位和复杂的喻义。橡树多次出现在《圣经》中，因其高大茂盛而被作为休憩之地，旅途中的人可以在橡树的树荫下休憩，人们也可以把旅途中死亡的亲人埋在橡树下，还可以用橡树作标记，标示某个特别值得纪念的日子和地方。在今天的欧美国家，到处可以看到橡树林，橡树被视为坚强、自由、独立的象征。18 世纪德国浪漫主义诗人荷尔德林有一首诗《橡树林》，歌颂橡树无须园丁的栽培，无须寄人篱下，仅靠自己壮实的根系和大地、天空的滋养，欢乐而又自在地长成蔚然壮观的参天大树。荷尔德林把橡树比喻为"温良世界里的巨人族"，它们中的"每一位是一个世界，似满天星斗，个个都是神，自由而又互为一体地生活在一起"。荷尔德林借用橡树的特征表达自己对于独立、自由的追求。

在 20 世纪 70 年代末的中国，舒婷的诗《致橡树》借用橡树这一意象，表达了她心目中理想的男性形象，表达了她的男性观念乃至"人"的观念，应该说具有划时代的意义。她借橡树的隐喻，象征一个值得女性爱恋的理想的男性，应该具有坚忍不拔、不畏严寒、独立自主、扎根大地、脚踏实地的品性。

二

但是，即使如此，诗中的抒情主人公"我"，作为一个女性，绝不在"你"这样一个伟岸、高大的男性面前丧失自我："我如果爱你，绝不像攀援的凌霄花，借你的高枝炫耀自己。"凌霄花的叶子呈卵形，花朵艳丽，但自己不能独立，借气根攀附于其他物上，是属于那种没有外物支撑就无法站立的植物。诗开篇第一句就以否定句的形式，言明心志：绝不像天生依附其他植物的凌霄花那样依附于男性，也不借男性的高枝炫耀自己。这种姿态，颠覆了传统的、至今流行的观念：夫贵妻荣。

现在社会上有一种论调："学得好不如长得好，干得好不如嫁得好""女人最大的成功是嫁个成功的男人"。舒婷颠覆了这种爱情婚姻观念。紧接着第二句，又用了一个否定句："我如果爱你，绝不学痴情的鸟儿，为绿荫重复单调的歌曲。"颠覆了传统婚姻中女性作为"巢中的鸟""金丝雀"的形象，也让我们联想到挪威剧作家易卜生的戏剧《玩偶之家》中的娜拉：她被丈夫称为"可爱的小松鼠""快乐的小鸟"。一个依附于男人的女人丧失了自由也遗忘了自己，存在的价值就是取悦男性，向男性献媚。

第三、第四句："也不止像泉源，常年送来清凉的慰藉；也不止像险峰，增加你的高度，衬托你的威仪。"注意两句都用了"止"字，"不止像泉源""也不止像险峰"，女性可以"像泉源"，也可以"像险峰"，甚至像日光照耀你，春风吹拂你，给你慰藉，带来温暖和光明。但仅仅如此还不够，女性不能丧失女性的自我和主体性，仅仅成为男性和家庭的奉献者和牺牲品。诗歌开篇用的几句否定句，意在批判、颠覆两性关系中的传统观念或者现实中以牺牲女性自我为代价的两性关系。

那么，女性应该以什么样的姿态与男性相处呢？诗歌后半部分回答了这个问题：相互平等，独立并存，彼此尊重，彼此欣赏。女性像木棉一样，与橡树平等并列，保持自己的独特样貌和品性——如诗中所说"作为树的形象和你站在一起"，而不是作为你所需要的清泉、泥土、日光、春风而存在。

诗中以木棉作为女性的象征。木棉树，俗称攀枝花，又叫英雄树，生长于热带及亚热带地区，在中国分布于东南与西南。在早春时节开花，象征着万物的复苏和春天的到来。春季木棉花灿烂艳丽，夏季花落后长出椭圆形的果实，果实成熟后，果荚开裂，白色的棉絮包裹着卵形的黑色的种子漫天飞舞，像雪花随风飘扬，落地生根，繁殖生长。因此，木棉与橡树一样具有顽强的生命力和繁殖力。橡树果实可以食用，木棉花蕊则是上好的织物原料。木棉树树身高大，花朵鲜艳似火。南方人用木棉树象征坚毅的性格和灿烂的前程，也象征坚贞的爱情。

所以，木棉与橡树外形不同，但精神品性相通，只有这样的相通，才能同气相求，才能说志同道合，如《致橡树》中所言："根，紧握在地下，叶，相触在云里。每一阵风过，我们都互相致意。"但是，却永远保持着各自的特性。《致橡树》后半部分比较了橡树与木棉各自的特性："你有你的铜枝铁干，像刀，像剑，也像戟；我有我的红硕花朵，像沉重的叹息，又像英勇的火炬。"

最后，揭示了爱情的真谛，那就是：爱是两个独立个体终身相依，同甘苦，共患难，"分担寒潮、风雷、霹雳"，"共享雾霭、流岚、虹霓"。爱一个人不是爱他美的丰姿，而是爱他站立的位置，也就是说，爱他的立场、爱他之所以是他的根基。

三

读舒婷的《致橡树》，不禁使我联想到 20 世纪初黎巴嫩的诗人纪伯伦。

纪伯伦生活于 1883 年至 1931 年间，他一生坎坷，过着漂泊不定的生活，他的散文诗誉满全球。西方人说：纪伯伦是东方献给西方的礼物。舒婷的《致橡树》与纪伯伦散文诗《先知》中的"论爱情""论婚姻"有异曲同工之妙：

爱，除了自己，既不给予，也不索取。/爱，既不占有，也不被任何人占有。/爱，仅仅满足于自己……/爱除了实现自我，别无所求。(《论爱情》)

你俩要彼此相爱，但不要使爱变成桎梏；/而要使爱成为你俩灵魂岸边之间的波澜起伏的大海。/你俩要互相斟满杯子，但不要用同一个杯子饮吮。/你俩要互相递送面包，但不要同食一块面包。/一道唱歌、跳舞、娱乐，但要各忙其事；/须知琴弦要各自绷紧，虽然共奏一支乐曲。

要心心相印，却不可互相拥有。/因为只有生命的手才能容纳你俩的心。/要互相搀扶

着站起来，但不要紧紧相贴。/须知神殿的柱子也是分开站立着的。/橡树和松树也不在彼此的阴影里生长。(《论婚姻》)

（译文选自《纪伯伦散文诗经典》，李唯中译，译林出版社，2008年版。）

我们应该为了爱点什么而活着

文贵良讲张洁《方舟》

一

《方舟》是张洁于 1981 年完成的一个短篇小说。它的标题让人想起《圣经》诺亚方舟的故事。诺亚方舟是上帝赐予热爱上帝和相信上帝的人的礼物，这个人叫诺亚，诺亚一家在大洪水中乘坐方舟得救。小说的题记是"你将格外的不幸，因为你是女人"。小说的主人公是三位女性，她们爱情溃败、婚姻破裂、生存艰难。

联系标题、题记和三位女主人公的命运一起来看，很容易得出一个结论：这篇小说关注的是女性，提出了拯救女性的方舟在哪里的问题。但今天看来，这篇小说所表现的问题，又不仅仅是女性的问题。

《方舟》中除了女性遭遇的性骚扰问题外，大部分问题都是全社会共有的。因此《方舟》提出了一个更大的问题：拯救生存艰难的现代人的方舟在哪里？

1980年5月，《中国青年报》上发表了《人生的路呵，怎么越走越窄》一文，作者署名"潘晓"。这篇文章中的"我"是一位女性，她的困惑是找不到人生的意义，变得迷茫。但我们不能就此判断，这是20世纪80年代初只有女青年才会发生的意义危机，从而仅仅将其视为一个女性主义的话题。实际上"潘晓"是一位女青年和一位男青年共同的笔名，只是以女性的口吻叙述而已。当然，即使"潘晓"只是一位女性，也可以把意义危机看作是那个时代所有青年的意义危机。

二

小说的三位主人公都是女性，分别是曹荆华、柳泉和梁倩，年龄都在四十岁左右。她们小学和中学都是同学，都读了大学，在"文化大革命"中经历不同遭遇后，又聚集在一起了。她们生活的现状有个共同之处，就是爱情溃败、婚姻破裂。曹荆华和柳泉都已经离婚，梁倩虽然没有离婚，但与丈夫已经形同陌路。在爱情与婚姻中，有三个要素非常重要，第一是性，第二是小孩，第三是志趣。

曹荆华的父亲被打成反动权威，她自己被发配到边疆，年幼的妹妹失去生活保障。因为要负责父亲和妹妹的生活，她被迫嫁给林区的一名森林工人；两人虽然志趣不同，但因为可以得到物质、维持亲人的生存，就结合在一起。

后来，曹荆华没有与丈夫商量就做了人工流产，丈夫愤而提出离婚。这就是因为小孩问题导致的婚姻破裂。那个时候是"文化大革命"时期，她考虑到物质匮乏，小孩出生后可能导致父亲与妹妹生活没有着落；还考虑到小孩来到世上就受罪，不如不让其来到这个世上。而她的丈夫想要孩子，但曹荆华没有跟他商量就做了流产。两人在生小孩这件事情上的分歧，成为婚姻破裂的利刃。

柳泉是英语系的高才生，与前夫属于自由恋爱，有了孩子。但男人不关心老丈人的落难，不关心柳泉的担忧，每天抓着柳泉做爱，柳泉实在受不了，提出离婚。性生活不和谐导致婚姻破裂，又由于争夺孩子的抚养权，打了五年离婚官司，互相撕得体无完肤。

梁倩与丈夫白复山也是自由恋爱，也有了孩子。但梁倩发现白复山变得庸俗浅薄、自私自利。虽然没有离婚，但已经分居。两人没有离婚的原因，梁倩是要维护自己高干家庭的体面与声誉，白复山是想继续从高干的岳父那里获得利益。在这里，志趣成为情感破裂的关键因素。

托尔斯泰说：幸福的家庭是相似的，不幸的家庭各有各的不幸。这话确有几分道理。曹荆华、柳泉和梁倩虽然都是爱情溃败、婚姻破裂，但原因各不相同。从中可以看出，志趣在婚姻前的自由恋爱时起着关键作用。但在结婚后，相比小孩与性来说，志趣的力量要小得多。如果在性与小孩两个问题上能取得共识，那么志趣往往不会成为婚姻破裂的关键问题，就像梁倩和白复山，志趣不同，情感破裂，但婚姻的壳子还在。

张洁确实是从女性的角度对社会提出了批评。三位女主人公的丈夫都存在很大的问题：曹荆华的前夫粗俗不堪；柳泉的前夫是对人冷漠但又性欲很强；梁倩的丈夫自私自利、卑鄙世俗。相比张洁有名的短篇小说《爱，是不能忘记的》，《方舟》对男女关系的看法有一个一百八十度的转弯。在《爱，是不能忘记的》中，女作家钟雨完全是以崇拜的姿态爱上了一位老干部男人。他们的爱情非常纯洁，算得上典型的柏拉图式的精神之恋。《方舟》似乎传递了一个观点：社会上不是好男人被别的女人抢走了，而是压根就没有好男人。

如果仅仅这样理解，只能在男女对抗的结构中理解女性生存的艰难，这就窄化了小说的意义空间。如果从男女好坏的角度看，小说中，曹荆华单位的安泰、柳泉单位的老董和外贸单位的朱桢祥这几位男性，都称得上好人；而贾主任等女性就心理非常阴暗。笼统地说，对三位知识女性的遭遇的同情，折射出作者对社会的批评。

三

　　造成三位知识女性的生存困境，有特殊时代的因素，比如"文化大革命"对曹荆华一家造成的破坏；有制度性因素，比如柳泉工作的调动如此艰难。20世纪80年代前后不仅女人调动工作难，男人调动工作一样难。由于制度因素，因为两地分居，造成多少婚姻破裂，无法统计。当下社会，制度变了，调动工作就容易多了，万一不行，还可以辞职。但有些是人类的普遍问题，比如曹荆华做人工流产的事情，她是因父亲遭遇不公平而不得不做人工流产，从这点说，跟时代有关系。但是从婚姻角度看，创造生命的胚胎是夫妻双方的事情；同样的，毁掉生命的胚胎也是夫妻双方的事情，不能一方说了算。

　　这是四十年前的状况。四十年后的今天，社会发生了变化。在性的方面，婚前性行为也被社会认可。小孩方面，丁克家庭越来越多，尽管放开生育政策，人们生育的欲望也没有预期的那么高。志趣倒很重要，合得来就结婚，合不来就离婚，闪婚、闪离在当下社会也很多。当然即使这些方面发生了变化，也不能够表明当下社会就没有了生存危机。工作上的巨大压力、社会上弥漫的对健康的恐惧情绪、生活意义的迷茫等，以另一种形式成为当下社会的生存困境。

如果跳出婚姻家庭的范围，张洁赞扬了这三位知识女性身上的人性美德。曹荆华尽管有腰疼病，但还是毫不犹豫地帮心理阴暗的贾主任搬煤。柳泉自己的事情还很糟，但会去找不给钱的市场管理员进行理论。梁倩拍电影很艰难，但为柳泉调动的事情尽心尽力。对不善良人进行帮助的善良，对陌生人关心而与不合理现象进行抗争的正义，对逆境中朋友倾情帮助的无私，无不彰显了处在逆境中的人们美德的高尚。

所以小说的结尾，她们为自己找到了快乐的理由而庆祝。张洁赞美这三位女性好像"为了爱点什么而活着"。

她们爱点什么呢？她们虽然身处逆境，但是对生活，对人类自身，有一份信念，有一份热爱。这不仅是四十年前女人的方舟，也是四十年后所有现代人的方舟。

当东方才子，遇到西方佳人

段怀清讲王韬《漫游随录》《淞隐漫录》

一

在讨论王韬的作品之前，我们先来谈点其他相关作品。

看过香港系列电影《黄飞鸿》的观众，都不会忘记里面那位"十三姨"。十三姨是一位有过留洋经历的"新女性"。她不仅是黄飞鸿及其周围的中国人看西洋的中介，也是电影《黄飞鸿》的观众看西洋的中介。尽管今天的观众，也许已经不再像黄飞鸿时代的那些中国人那样，需要十三姨这样一个中介；又或者说，十三姨就是今天观众的一个百年前的替身，通过十三姨，今天的观众不仅获得了一种在电影里的存在感，而且还实现了与黄飞鸿及其时代的"对话"可能。

如果说电影《黄飞鸿》是通过想象和虚构，来反映清末广州地区华洋杂处、新旧交织的历史与生活场景的话，那么清末德龄公主的故事，则近乎真实地揭示出晚清皇宫里高高在上的慈禧太后借助于德龄公主姐妹以及她们的哥哥的照相术，开始接触中国之外的西洋世界的种种细节。其中不少描述颇为引人注目而且令人印象深刻，譬如已经年过古稀的慈禧，因为喜欢上照相术，有一段时间几乎天天盼着德龄公主的哥哥进宫来为她拍照片，甚至一度冷淡了对于朝堂政务的热衷关注。

为什么有一个十三姨，黄飞鸿和他周围的人们对于洋人及洋务的抵触乃至敌视，就大大地减轻了呢？同样地，似乎有了德龄公主姐妹和她们的哥哥，一度极为恐惧而且反感洋人的慈禧太后，对于洋人制造的玩意儿，也表现出了非同以往的好感乃至兴趣。其中的原因又是什么呢？如果说电影《黄飞鸿》表现的是清末中国南方口岸地区市民阶层及社会对于外来新鲜事物的好奇及关注的话，德龄公主的故事，显然将这一故事的场景转换到了高高在上的庙堂宫廷之内，更是通过慈禧太后在后宫之中的种种行为，揭示出晚清西方进入中国的一条隐秘的途径，以及一种通常为人们所不晓或者忽略的方式。

其实，上述两个案例中，不仅仅呈现了晚清中国高高在上的皇宫庙堂和开埠口岸城市民间社会与外部世界尤其是西方世界接触的情形，更重要的是，在这一接触中，都出现了有过西洋游历及游学经历的知识女性，即十三姨和德龄这样的晚清新女性。作为一种既中又西的文化中间人，她们事实上担当了中西之间文化中介的作用。

相较于《黄飞鸿》系列和十三姨，"清宫"系列（《清宫二年记》《瀛台泣血记》《御香缥缈录》等）及其作者德龄，晚清作家王韬及其《漫游随录》等文学作品，为我们呈现了既与之相近亦有所差别的一幅幅晚清个体生活与时代历史的鲜活生动图景。

二

作为一部民间文人的个人海外游记，《漫游随录》最引人注目之处，并非是它对于西洋都市繁华走马观花、浮光掠影式的描写——这种描写在晚清都市阅读的时代语境中几乎是无法避免的——而是这部作品中所出现的大量有关漫游者与英法平民女性接触交往的叙述。

《漫游随录》中所出现并描写的异国女性，有街头酒馆咖啡馆里的侍女，有巴黎红磨坊里的舞女，有从英伦前来巴黎办学执教的女教师，有苏格兰的大家闺秀，有邀请并欢迎王韬来访的当地女子团体，甚至还有始终陪同王韬在苏格兰地区参访游玩的女导游。这里不妨摘取其中三个场景，来看看王韬所发现并描写的法国都市女性。

其一是马赛街头的法式小酒馆。文中有这样一段文字，不仅描写了法式酒馆里的风俗习惯，更引人注目的是，其中所描写的酒馆里的陪酒女郎：

> 偶入一馆沽饮，见馆中趋承奔走者，皆十六七岁丽姝，貌比花嫣，眼同波媚。见余自中华至，咸来问讯。因余衣服丽都，啧啧称羡，几欲解而观之。须臾，一女子捧银盘至……余曰："此所谓'葡萄美酒夜光杯'也。"女子举以饮余，一吸而尽。余曰："此彼姝之所以饷客者，然酬酢之礼不可缺也。"亦呼馆人具酒如前。女子饮量甚豪，一罄数爵。

其二是巴黎博物馆中的一场邂逅：

> 余至画苑，见有数女子入而临画……余近视之，真觉与之毕肖。有一女子年仅十五六，所画已得六七幅，皆山水也，悉着青绿色，浓淡远近，意趣天然。余偶赞之，女子与导余入者固相识，特持一幅以转赠余，殊可感也。

其三是巴黎大剧场中观看红磨坊里的歌舞表演：

> 女优率皆姿首美丽，登台之时袒胸及肩……或于汪洋大海中涌现千万朵莲花，一花中立一美人，色相庄严，祥光下注，一时观者莫不抚掌称叹，其奇妙如此。

这些新女性，尤其是后来王韬在英国所见到的那些女性，在晚清中国的现实生活之中是极为罕见的，对于普通民众来说，也是难以理解和接受的。可以想象，当王韬踏进西方世界，发现法国、英国社会中这些新女性之时内心深处所引发的惊异还有惊喜。

这些女性形象，既不同于中国才子佳人小说中的"佳人才女"，也不同于帝王宫廷里的嫔妃侍女，更不同于《水浒传》中的那些"女强人"，而是当时西方都市社会中可以抛头露面、自谋职业、不避男女的新女性。从《漫游随录》的描写叙事来看，叙事者似乎并没有因为彼此之间存在着的巨大文化差异而产生多大交流障碍，相反，漫游者对于这种交游往来，一直保持着浓厚的兴趣乃至喜悦，有一种超越自有文化的封闭圈、在全新的个人经验中获得自我释放和自我经验及价值重构的自由感。

而这些叙事，既有群体、浅层的社交应酬，亦有个体间的频繁密切往来。这些社交应酬及密切往来，或许并非全部属实，其中难免会有一些想象、夸张及虚构，但仍然极大地弥补了晚清以来中国人与西方人交往中的"性别空白"或"性别缺陷"，极大地满足了本土都市读者的阅读好奇。更重要的是，这种叙述，也成为晚清中西交往叙事从群像式的浅层描写叙事，深入到对于个体及富于个性的人物面貌、言语、性情、思想、行为等的描写叙述的一个重要见证及书写尝试，并在非虚构的游记文学书写及想象虚构性文学书写之间，初步搭起了一个深入他者语境、体验异国文化及日常生活的书写桥梁，为清末民初"异国""他乡"式的文学想象与叙事，提供了具有探索意味及文学意义的先锋经验。

《漫游随录》中所叙述的海外漫游事件，发生在19世纪60年代末、70年代初，而对于这段经历的回忆、书写及发表出版，则是在二十多年之后。这种时间上的间隔或延迟本身，就为这种回忆及书写，提供了不少因为语境或书写者自我处境的改变而带来的沉淀性、差异化叙述。其中最突出的一点，就是《漫游随录》中对于此次海外漫游的态度，以及对于在法国、英国所遇见的异国女性的态度。如果一定要对这一态度予以明确界定,那就是"喜相逢",或者说愉快地"再相逢"。

三

同样值得关注的是,《漫游随录》中所描写的有些女性形象,后来又改头换面出现在了王韬的笔记小说《媚梨小传》中。

《媚梨小传》是王韬文言小说集《淞隐漫录》中的一篇。

这部完全虚构的浪漫传奇,描写了一位英国新女性为逃避自己并不满意的婚姻而离开英国,乘船前往中国,并在船上与一位中土青年士子邂逅生情,双双携手回到中国的故事。它不仅极为罕见地叙述了一个晚清中国的"异国恋"故事,更关键的是在汉语中文的文学语境中,塑造了一个有知识、有主见、能够独立谋生而且性别权利意识明确的西方新女性。

小说描写英国伦敦女子媚梨在乘轮船逃婚到中土途中,邂逅一华人士子自英旋华,此子姓丰名玉田,"容貌魁伟,衣冠煊赫"。二人在船上一见钟情,媚梨甚至主动示爱,愿意跟随玉田到中国,而且申言自己经济上完全可以自立,并不依赖玉田。最终两人同居沪上。

小说中最为引人注目之处,是媚梨"尤善测量,能令枪炮命中及远,无一虚发"。媚梨劝说玉田出而为国服务。在二人一起搭乘军舰到福建途中遇见海盗船数艘,"方劫掠商船,扬帆疾驶"。媚梨遂以纪限镜仪测量远近，并在船上水兵们的迂笑之中，"命客装储药弹若干，炮移置若干度，三发而沉三舟，众于是乃叹其神"。这也是一个西方知识女性用自己的技术能力以及人格力量，获得中国士兵叹服的近代故事。

某种意义上，媚梨集中了《漫游随录》中那些众多西方女性身上的诸多近代特点，譬如接受过学校教育、掌握了科技知识、具有独立生活的能力和健康人格，而且具有不同于流俗的世界意识和民族国别意识。如果说十三姨是黄飞鸿体验并理解西方和近代的一道活生生的桥梁，那么媚梨无疑就是王韬想象西方和东方之间人际关系的一种尝试。

王韬上述作品中所出现或描写的西方女性数量众多，多达数十位。这些女性既有普通都市市民，也有接受过良好教育的知识女性。她们不仅形象地体现了西方现代社会和现代文化中的某些进步方面，更关键的是，她们给正在睁眼看西方乃至世界的王韬们，带来了一种活生生的现实生活景观，也为他们反观当时的中国社会以及想象中国的未来，提供了借鉴与启示。

思想为什么会比旅途更遥远

段怀清讲梁启超《欧游心影录》

一

晚清以来中国的历史，某种意义上就是中国不断与外部世界接触并逐渐融入其中的历史。所不同的是，今天的中国，已经成为国际社会不可或缺的重要一员，而今天的中国人了解外部世界的方式途径，也越来越丰富多样，还有越来越多的中国人，直接选择走出国门去周游世界。

不过，晚清有机会走出国门的人毕竟是极少数，中国人了解外部世界尤其是西方的方式，除了报刊，还有另外两种途径。一种是来华西方人的著述介绍，或者翻译西方人的相关著作；另一种是中国人外出，归来之后所撰写的有关西方漫游的著述，类似于玄奘的《大唐西域记》。这些著述，对于塑造晚清中国对于西方的想象甚至对于未来中国的想象愿景，提供了思想启发、现实借鉴以及实现路径。也因此，这类著述虽然一直都不是畅销书，但也不乏读者，尤其是一些资深读者。而在此类著述中，梁启超的《新大陆游记》与《欧游心影录》颇引人注目。

我们都知道，清末戊戌变法失败之后，梁启超曾亡命日本。在20世纪的最初十年，梁启超又分别游历过美国和欧洲，这在当时无疑算得上是一个走得远、见得多、识得广的人了。

在日本，梁启超写出了他对未来中国的想象愿景的《新中国未来记》——尽管这是一部未曾完成的政治小说，但从中可见海外游历对于梁启超思想及写作的影响；而游历美国之后，有了《新大陆游记》；1918—1920年的欧洲之行，又有了《欧游心影录》。这三部作品，尽管有小说、有游记，但彼此之间又有所关联，它们从另一个角度或者用另一种方式，将梁启超对于中国、西方以及世界的诸多思想，通过旅行这样一种时间、空间的双重转移方式而表达出来。

有关欧洲之行的目的，梁启超在《欧游心影录》中说得很清楚：

> 我们出游目的，第一件是想自己求一点学问，而且看看这空前绝后的历史剧怎样收场，拓一拓眼界。第二件也因为正在做正义人道的外交梦，以为这次和会，真是要把全

世界不合理的国际关系根本改造，立个永久和平的基础。

只是如此一来，一般游客心目当中的游山玩水，在梁启超这里却承担起了家国之重。也因此，《欧游心影录》这部游记，自然不同于一般纯粹的山水游记或环球漫游，也因此，其中所涉及的人与事、景与物，自然亦就不同于一般游记文学。

换言之，也可以说梁启超的欧陆之旅，从一开始就是一次考察与验证之旅——考察欧洲社会的现状，验证梁启超们从《天演论》《国富论》等西方著述中所接受、认同、信仰的思想学说，及其所造就的人民与国家。

于是，《欧游心影录》也就注定不会是一部寻常的旅行游记。尽管用不着过于强调肯定《欧游心影录》这种游记的特殊性或者意义价值，但有一点还是值得一提，那就是无论对于今天的读者，还是对于今天的旅行者，像《欧游心影录》这样的游记，显然是越来越少见了。今天的游记越写越轻松，也越写越个人，而在梁启超以及《欧游心影录》的时代，一个知识分子的内心世界里难以承受之重却是如此之多，亦是如此之重，也就是所谓的"进亦忧，退亦忧"。

然则何时而乐哉？不得而知。

二

如果我们读《欧游心影录》的前半部分，会发现梁启超的欧洲之行在抵达英国之前，与晚清王韬、袁祖志等人的欧洲之行的旅行路线基本一致。都是出中国南海进入新加坡、马六甲，再过苏伊士运河进地中海。所不同的是，晚清大多数西行的中国官员及文士基本上选择在法国南部的马赛上岸，然后由此搭乘火车经里昂去巴黎，再转道去英国或德国等欧洲其他国家。而梁启超的行程略有不同。他并没有在马赛离船上岸，而是经地中海、出直布罗陀海峡进入大西洋，之后一路北上，经英吉利海峡抵达英国。

上述两条路线，也是亚欧之间航空航线开通之前，中欧之间往来最常见的邮轮航道。往来奔波于这一航道上的中国人从晚清到民国不绝如缕，甚至就连钱锺书的《围城》里的方鸿渐、苏文纨、鲍小姐等留法学生，当年回国也是走的这条航线。这条航线，也成就了从晚清到民国时期这近百年的中国文学的"海上丝绸之路"。

如果单就《欧游心影录》这部游记的旅游部分而言，大多数读者可能会觉得一点都不好玩——游得不好玩，写得也不好玩。不过，如果能够转换一下阅读视角或者调整一下阅读习惯，追问一下梁启超为什么这样游而且这样写，或许会有一番别有洞天的开朗感。

可以肯定一点，同样是游欧洲，《欧游心影录》里所游所写，无论是与王韬的《漫游随录》相比，还是与《申报》主笔袁祖志游历法国所写的那些旅途诗文相比，都显得过于沉重，当然亦过于思想化。但恰恰是这种"沉重"与"思想化"，成为《欧游心影录》不同于一般游记的独特之处。

有人曾说徐志摩的《再别康桥》一类的海外诗"淡得像一缕轻烟"，当然徐志摩也不是没有写过当年的留学生的悲哀，他的诗中也不都是"轻轻地来""轻轻地走"一类的"轻轻松松"。《再别康桥》之前五六年，徐志摩就曾在《青年杂咏》一诗中，沉痛地写过"青年！你为什么沉湎于悲哀？你为什么耽乐于悲哀？你不幸为今世的青年，你的天是沉碧奈何天！"一类的诗句。无可否认的是，梁启超的《欧游心影录》一类的作品，则显得辽阔、遥远、深沉而丰富。梁启超甚至将游记也变成了一种思想表达的文体，这让人不禁想起他当年那篇一时洛阳纸贵的《少年中国说》。

其实，《欧游心影录》中也写了不少旅途中的所见所感，譬如1918年的伦敦的雾霾。如果说王韬在咖啡馆里看到的女性、袁祖志乘坐的电梯火车，给读者们留下了一定印象的话，那么梁启超的《欧游心影录》中对伦敦一战结束之际物资极度匮乏、民生凋敝、城市空气严重污染等景象的描写，则令人印象深刻。

三

其实，对于游记一类文本之所以吸引读者的那些套路，梁启超心知肚明。但他显然无心于异域山水、都市风光，所以在旅途中常见的"走马看花，疲于奔命"之余，梁启超还是日日枯坐在巴黎近郊白鲁威的一间陋室之中，傍着一只不生不灭的火炉，写出了《欧游中之一般观察及一般感想》这一思想长篇。这其实也正是《欧游心影录》中最有价值的部分——梁启超的时代，有关伦敦雾霾、巴黎缺吃少穿一类的描写，报纸上早已是屡见不鲜，但一个中国知识分子一路行来的心路历程，却在巴黎郊区的"天地肃杀、万物萧索"之间得以自由而奔放地书写呈现。

该长篇分上下两篇。

上篇十一节，所涉及的不仅仅是为什么欧洲会爆发第一次世界大战这样一个严峻的问题，而且也对晚清以来中国的洋务派、维新派及启蒙改良派的欧洲观、世界观乃至文明观进行了深刻的反思与批判，几乎重新建构了 20 世纪初期具有梁启超个人思想色彩的西方观、世界观以及中国与世界之关系。其中"人类历史的转捩""社会革命暗潮""思想之矛盾与悲观""新文明再造之前途""物质的再造及欧局现势"等问题的分析阐述令人印象深刻。

下篇围绕"中国人之自觉"这一核心展开，讨论了"世界主义的国家""中国不亡""着急不得""思想解放""组织能力及法治精神""中国人对于世界文明之大责任"等重大而现实的问题。其中"中国人对于世界文明之大责任"这一提法，将晚清以来中国被动学习、追赶以及超越西方的立场诉求，调整提升到中国人对于世界文明应该担负的大责任这一史无前例的高度，其视野之开阔、思想之深邃、情感之深沉，真可谓雄冠古今，影响深远。

也就是说，《欧游心影录》的不同一般之处，是在旅游的所见所感之外，大量地、近乎毫无顾忌地铺写梁启超自己的所思所想以及所悟所信——欧洲之行也罢，《欧游心影录》也罢，其实成了梁启超激发思想、展开思想、书写思想和完成思想的契机。

而在《欧游心影录》之后，梁启超的思想——无论是他的西方文明观还是中国文明观——近乎一变。《欧游心影录》成了梁启超个人思想及写作史上的一个分水岭，它宣告维新变法时期的梁启超的思想及写作落下帷幕。之后我们所读到的，是他的《中国历史研究法》以及他在清华国学研究院那些对中国文学的重新解读阐释。

可以说，《欧游心影录》让我们看到了一个周游世界之后的中国知识分子的"蓦然回首"，当然，这一回首不再是在世界之外，而是就在世界之中。也就是说，晚清以来中国人、中国与世界对立，将自己置身于世界之外的习惯思维被打破了或者终结了，中国终于走入世界之中并成为世界的一部分，承担起了她所应该担负的责任。

"愤青"老舍的异国探险

孙洁讲老舍《二马》

一

《二马》是中国新文学比较早的长篇小说创获，1929 年发表于《小说月报》。

20 世纪 20 年代的某一天，老马和小马为了继承一个古玩铺子来到伦敦，展开了他们的异国探险。与此同时，这段经历的讲述人老舍，正在进行他自己的异国探险。

老舍是北京人。二十五岁那年，他离开故乡北京，远渡重洋来到伦敦谋生。在伦敦，他一气待了六年。写作《二马》的 1928 年，正是老舍在伦敦教书的第五个年头，也是他进行长篇小说写作的第三个年头。

对于伦敦，这个一连气待了五年的地方，老舍有槽要吐，有话要说：对于这个傲慢国度的人们对中国人的蔑视，老舍积蓄了太多的愤懑；对同样来自中国到此地讨生活的同胞们的生活百态，他收藏了太多的感慨。这些愤懑和感慨堆积在一起，混杂在一处，加上老舍的长篇小说写作正在渐入佳境的摸索之中，成就了《二马》这部别样的早期海外华人小说。

这部小说正是以马则仁（老马）和马威（小马）这一对从北京来的父子为主人公展开叙述的。

二

那一年，马威二十二岁，父亲老马将将五十岁，马威的伯父、老马的哥哥故世，给这对父子留下了一个小古玩铺子。老马，这位一百年前的北京"大爷"，就这样粉墨登场了。老马看不起买卖人，又完全不懂怎么做买卖，现在却要做一个古玩铺子的掌柜的，加上他对房东温都太太由巴结到暗生情愫，因此竟隔三岔五地从铺子里拿一些"小玩意儿"去给温都太太献殷勤。

二马父子住在温都母女家里。那是一对带着老英国人的傲慢基因的善良母女，她们和当时所有的英国人一样，对中国人心存傲慢与偏见，却看在钱的面子上容留了二马父子，相处的时间长了，发现中国人不但"不吃老鼠"，反而也有那么点儿可爱。

二马父子和温都母女由敌对、别扭到产生爱的火花，老马和温都太太坠入情网，小马对温都姑娘（玛力小姐）产生无法自拔的单相思。但是在 20 世纪 20 年代，英国人和中国人的巨大鸿沟是无法跨越的。最终父子双双落败。

三

老舍把二马感情失败的原因归结于英国人的种族歧视和中国人的国民性问题。

从两次鸦片战争起，世界/英国对中国的歧视是二马父子落败的强外因。老舍在英国教书期间，强烈地感受到这种歧视，并把这种感受写入了《二马》。二马来英国的中间人伊牧师就是这样一个地地道道的英国人，老舍说：

> 他真爱中国人：半夜睡不着的时候，总是祷告上帝快快的叫中国变成英国的属国；他含着热泪告诉上帝：中国人要不叫英国人管起来，这群黄脸黑头发的东西，怎么也升不了天堂！

在这种时时刻刻受到白眼的环境中，"愤青"老舍总结道：

在伦敦的中国人，大概可以分作两等，工人和学生。工人多半是住在东伦敦，最给中国人丢脸的中国城。没钱到东方旅行的德国人、法国人、美国人，到伦敦的时候，总要到中国城去看一眼，为的是找些写小说、日记、新闻的材料。中国城并没有什么出奇的地方，住着的工人也没有什么了不得的举动。就是因为那里住着中国人，所以他们要瞧一瞧。就是因为中国是个弱国，所以他们随便给那群勤苦耐劳，在异域找饭吃的华人加上一切的罪名。中国城要是住着二十个中国人，他们的记载上一定是五千；而且这五千黄脸鬼是个个抽大烟，私运军火，害死人把尸首往床底下藏，强奸妇女不问老少和做一切至少该千刀万剐的事情的。作小说的、写戏剧的、作电影的，描写中国人全根据着这种传说和报告。然后看戏、看电影、念小说的姑娘、老太太、小孩子和英国皇帝，把这种出乎情理的事牢牢的记在脑子里，于是中国人就变成世界上最阴险、最污浊、最讨厌、最卑鄙的一种两条腿儿的动物！

20世纪的"人"是与"国家"相对待的：强国的人是"人"，弱国的呢？狗！

中国是个弱国，中国"人"呢？是——！

中国人！你们该睁开眼看一看了，到了
该睁眼的时候了！你们该挺挺腰板了，到了
挺腰板的时候了！——除非你们愿意永远当
狗！

由此我们也看到，老舍把中国人的不争不进，归
纳为二马父子落败的强内因。小说里老马的种种表现，
无不印证了老舍当时的这一观点。

四

中国人李子荣和英国人凯萨林是老舍给这个难解
的痼疾——中英两国人各自存在的民族病症——开出的
药方。

李子荣是一个实干的青年，他很早就来到英国，
所以习得了英国人办事实事求是的一面，同时又有中
国人勤恳苦干的优点。

老舍这样介绍李子荣："他只看着事情，眼前的那
一丁点事情，不想别的，于是也就没有苦恼。……他
的世界里只有工作，没有理想；只有男女，没有爱情；
只有物质，没有玄幻；只有颜色，没有美术！然而他
快乐,能快乐的便是豪杰！"这个人物虽然非常脸谱化，

但是展示了老舍对能改变中国面貌的理想人格的期许。这是老舍经常写到的一种人物类型。老舍对这样的新人物(《赵子曰》的李景纯、《二马》的李子荣、《黑白李》的白李、《铁牛和病鸭》的王明远、《不成问题的问题》的尤大兴、《四世同堂》的瑞全等)充满了马威式的敬畏,他们像神一样在他的作品里存在着,是老舍心目中的理想新人的形态。在《二马》里,马则仁和李子荣就是旧和新的两极,"愤青"老舍认为,老马的一切都是无知的、落后的、可笑的,而他的对立面李子荣的理念和行为方式则是讲理的、先进的、可敬的。

凯萨林则是一群人云亦云、格局狭小的英国人当中的一枝独秀。她尊奉的理念是:"和平,自由;打破婚姻,宗教;不要窄狭的爱国;不要贵族式的代议政治。"如果说李子荣是《二马》里理想的中国人,凯萨林就是这部小说里理想的英国人。当然,因为背负了太多的理念,寄托了太多的期许,这两个人物的塑造相对来说也是比较平庸、缺乏生气的。

五

《二马》是老舍早期长篇小说探索的第三个作品。老舍本人对《二马》的写作比较满意。在《我怎样写〈二马〉》这篇文章里,老舍把这部小说的优点归纳为两点,一是"像康拉德那样把故事看成一个球，从任何地方起始它总会滚动的"，这是在小说的写作方法上开始用心琢磨，精心策划；二是借用英国人的烹调术，"不假其他材料的帮助，而把肉与蔬菜的原味，真正的香味，烧出来"。由此，老舍立下宏愿："把白话的真正香味烧出来。"

这两个意愿不但让《二马》焕发出了光彩，而且导向了老舍写作之路的正轨。一方面，他越来越在写作本身上精益求精；另一方面，他在语言的运用上日趋成熟，"把白话的真正香味烧出来"成为老舍一生在文学语言上的自我要求。

在《我怎样写〈二马〉》里，老舍说："我试试看：一个洋车夫用自己的言语能否形容一个晚晴或雪景呢？假如他不能的话，让我代他来试试。什么'潺湲'咧，'凄凉'咧，'幽径'咧，'萧条'咧……我都不用，而用顶俗浅的字另想主意。设若我能这样形容得出呢，那就是本事，反之则宁可不去描写。"我们已经了解到在多年后的《骆驼祥子》里，老舍确实做到了代洋车夫祥子用"顶俗浅的字"写出他的世界，《二马》是通向这个境界的一次认真的努力。

在幽默写作上，《二马》也能摆脱《老张的哲学》和《赵子曰》的浮浅，把"有趣"融入情境中，又不显生硬。我们来看这一段：

其实，马老先生只把话说了半截：他写的是个"美"字，温都太太绣好之后，给钉倒了，看着——美——好像"大王八"三个字，"大"字拿着顶。他笑开了，从到英国还没这么痛快的笑过一回！"啊！真可笑！外国妇女们！脑袋上顶着'大王八'，大字还拿着顶！哎哟，可笑！可笑！"一边笑！一边摇头！把笑出来的眼泪全抡出去老远！

这是老马和温都太太一次其乐融融的互动，温都太太把老马给她写的中国字"美"缝在帽子上，玛力得意扬扬地戴着出门去了。但是帽子上的"美"字给缝倒了，在老马眼里，就变成"大王八"三个字，这回轮到老马傲慢一回了，他偷偷地笑出了眼泪。但是，这种傲慢的机会是出现在老马（中国人）无时无刻不被英国人鄙薄、轻视的缝隙中的，老马笑着笑着终于难过起来。就这样哭着笑，笑着哭，这个小小的无害的错讹，牵出了老马的乡愁。老舍的幽默写作也和他的白话写作一起，步入了正轨。

六

小说是某一时段、某一地域的风情风貌的活化石。

如同村松梢风的《魔都》意外地保留了20世纪20年代的上海风貌,《二马》也意外地保留了20世纪20年代的伦敦风貌。

写作《二马》时,老舍在伦敦已经住了五年。彼时,伦敦正是老舍除了故乡北京之外最熟悉的城市。在二马父子、温都母女、凯萨林、李子荣……他们时时处处留下身影的地方,老舍进行了写实主义的复刻,并加以北京人的幽默调侃:"马威低着头儿往玉石牌楼走。""玉石牌楼"是 Marble Arch,大理石拱门;"两个进了猴儿笨大街的一家首饰店。""猴儿笨大街"是 Holborn Street,霍尔本大街。如此种种带有调侃意味的翻译增加了小说的趣味性。

展卷《二马》,随着老马、小马的视点的迁移,如同在这些街衢中穿行。掩卷《二马》,细细地感知百年前伦敦的衣食住行、风花雪月,回放那些欲说还休的华人谋生故事,马威,那个满腔愁闷的中国青年,他究竟要到哪里去呢?

唯一成功的日本人形象

郜元宝讲鲁迅《藤野先生》

一

鲁迅在日本生活了七年半时间（1902.3—
1909.8），但他专门回忆这近八载青春年华的文学作品
却只有《藤野先生》。

不仅如此，就中国现代作家真正成功地塑造日本
人形象这一点而言，《藤野先生》在百年中国新文学史
上也是绝无仅有的。

中国和日本一衣带水，近代以来接触频繁，中国
方面因此也产生了不少"知日者"或"日本通"，但比
起日本对中国的了解还是逊色许多。1931年"九一八"
事变后，上海突然出现了不少有关日本的论著。这本
来是好事，所谓"知己知彼"。但鲁迅发现除了"日本
应称为贼邦""日本古名倭奴"之类"低能的谈论"，
稍有内容的论著，竟然都是剽窃在上海的日本书店所
售卖的日本人的著作！

鲁迅因此正告天下："这不是中国人的日本研究，是日本人的日本研究，是中国人大偷其日本人的研究日本的文章了。倘使日本人不做关于他本国，关于满蒙的书，我们中国的出版界便没有这般热闹。"他还不避忌讳地大声疾呼："在这排日声中，我敢坚决的向中国的青年进一个忠告，就是：日本人是很有值得我们效法之处的。譬如关于他的本国和东三省，他们平时就有很多的书"，"关于外国的，那自然更不消说"[1]。其实，鲁迅这里也只是概乎言之，从中日甲午战争前后直到1930年代，日本图谋中国已久，各方面关于中国的"研究"何可胜数，而关于他们本国的"研究"自然更不在话下，这是鲁迅提醒国人必须要向日本人学习的地方。1934年鲁迅还说，"我常常坐在内山书店里，看看中国人的买书，觉得可叹的现象也不少。例如罢，倘有大批的关于日本的书（日本人自己做的）买去了，不久便有《日本研究》之类出版"[2]，可见鲁迅对这个问题始终保持着高度的重视。

中国学术著作与普及读物缺乏属于中国人自己的"日本研究"，那么文学创作方面有关日本的情况又如

---

1 《"日本研究"之外》，《鲁迅全集》（8），人民文学出版社，2005年11月第1版，第358页。

2 鲁迅1934年6月3日致杨霁云信，《鲁迅全集》（13），人民文学出版社，2005年11月第1版，第138页。

何呢？

近代以来，中国作家写到日本和日本人的固然不少，比如1916年开始陆续发表的平江不肖生（向恺然）的《留东外史》，郁达夫1920年代初创作的短篇小说《沉沦》以及同名的短篇小说集，1930年代兴起、至今仍十分蓬勃的抗日小说和抗日影视。这些文学和影视作品都各有特色，但一个共同的遗憾就是都没有成功地塑造能够让广大读者和观众印象深刻的日本人的形象。

《藤野先生》几乎是迄今为止唯一的例外。鲁迅以纪实手法塑造的"藤野先生"，不仅中国读者十分喜爱，也为广大日本读者所推崇。仅此一点，就足以说明这篇短文在中国新文学史上独特的地位和意义了。

二

《藤野先生》涉及作为现代科学分支之一的医学，比如中日两国接受西方医学在时间上孰先孰后，跟医学有关的中国民间信仰，中国妇女过去的缠足，清末中国留学生的政策，当时日本社会对中国留学生的态度，还有以明遗民朱舜水为代表的以往中日两国文化与人员的交往。

这都是"日本研究"的好话题，但所有这些在《藤野先生》中只是以"我"与藤野先生感情交流为核心辐射开去的材料，作者并未顺藤摸瓜，对这些问题展开学术性的"日本研究"。

鲁迅创作《藤野先生》的兴趣点是中日两国普通人之间跨越民族国家界限的心灵沟通，也包括其反面，即中日两国普通人之间极易发生的心灵隔阂。文章主题正是从这正反两面获得凸显。

比如，"清国留学生"的速成班既然兴趣全在赏樱花、盘辫子、学跳舞，等到他们"学成归国"，自然腹中空空，不仅不会有什么真正的"日本研究"，更不会增进中日两国人民的心灵沟通。

比如，朱舜水因为在那时意义上的"爱国"而被迫东渡日本，成了中日两国民间交流的典范。但往者已矣，眼前只有"成群结队的'清国留学生'的速成班"了！

至于"我"初抵仙台备受"优待"，乃是自觉优越的某些日方人士不容分说的恩赐，"我"只能以超然的自嘲和幽默敬谨接受，彼此还谈不上心心相印。

民族国家间的隔阂在"漏题（找茬）事件"和"幻灯事件"中达到顶峰。所谓"漏题事件"，就是指鲁迅在仙台医专的某些日本同学认为，藤野先生在给鲁迅修改听课笔记时，顺便也向鲁迅泄露了考试的题目，以至于鲁迅能在考试中获得比较高的成绩。所谓"幻灯事件"，是指鲁迅在仙台医专的课间放映的幻灯片中，看到在中国东北展开的"日俄战争"中，日军抓捕了一个据说是给俄国人做间谍的中国人，于是将这名中国人当众枪毙，而围观的竟然都是些麻木不仁的中国人。这两件事都激起了鲁迅强烈的民族主义和爱国主义的思想，也使得他强烈地感到中日两国即使是普通的民众之间也存在着极深的隔阂。

但恰恰就在这两个恶性事件的前后，"我"与藤野先生竟然意外地产生了心灵的沟通。

从心灵隔阂走到心灵沟通，正是《藤野先生》一文最大的亮点和主题。

三

鲁迅塑造藤野先生，有几个细节尤其值得仔细品味。

首先是"修改讲义"的细节。藤野先生上课照本宣科，西洋医学名词和各类图表则一律板书，所以鲁迅抄下的讲义、图表和医学名词很少错误，但因为那时候日语听力毕竟力有未逮，笔记中有关藤野先生讲解的内容确有不少遗漏与误解[3]，需藤野先生"从头到末，都用红笔添改过"。研究鲁迅"医学笔记"的专家们一致认为，藤野先生的修改几乎到了偏执狂的地步——不仅涉及医学方面的遗漏与误解，也包括日文本身。藤野先生这样做的苦心，是希望"我"将来能够带给中国最好的现代医学。那时候即使仙台医专这样的学校也很少有系统的医学参考书供学生借阅，因此教员的讲义显得尤为重要。藤野先生替"我"改正讲义，"小而言之，是为中国，就是希望中国有新的医学；大而言之，是为学术，就是希望新的医学传到中国去"：据说对一般中国读者而言有些古怪的这一表述正是藤野先生的原话[4]。

某些学者认为鲁迅暗示自己"弃医从文"是学医太吃力而做出不得已的抉择。这未免过于荒唐，不仅无视鲁迅反复述说的"弃医从文"的思想转变，罔顾鲁迅在仙台医专以中国留学生身份取得中等偏上学习

---

3 ［日］百百幸雄：《〈解剖学笔记〉读后感》，收入《鲁迅与仙台：鲁迅留学日本东北大学一百周年》第153—154页，中国大百科全书出版社2005年版。

4 ［日］大村泉：《"小而言之，是为中国……大而言之，是为学术"是藤野先生的话》，收入《鲁迅与仙台：鲁迅留学日本东北大学一百周年》第157—161页，中国大百科全书出版社2005年版。

成绩的事实，更忽略了鲁迅所歌颂的藤野先生一心"为中国""为学术"的高尚精神。

九十多年来，《藤野先生》感动千千万万读者的地方，主要就是鲁迅以一系列细节描写所渲染的藤野先生的高尚精神。"改正讲义"固然是浓墨重彩的一笔，而其他细节也值得我们仔细咀嚼。

比如，藤野先生让助手邀请"我"去他的研究室会面，讨论关于"讲义"的事，完全出于他的主动。可能他一开始就注意到"我"在听写能力上的欠缺，所以主动给予帮助，这等于免费"开小灶"。遇到"我"口头答应而心里"不服气"时，则耐心地予以规劝和解释，但也并不强求对方立即接受。

藤野先生虽然担心"我"因为"敬重鬼"而"不肯解剖身体"，事先却没有一点表示，直到事后知道"我"并非如此，这才"总算放心了"。可见他对"我"这个异国学生的尊重，生怕言语不妥，伤害对方的感情。

经过这一回之后，藤野先生也许觉得师生之间可以无所不谈了，就坦然地向"我"打听中国女人缠足的细节，想从他正在讲授的医学的角度研究缠足之后"足骨变成怎样的畸形"。殊不知这个问题"使我很为难"——多少还是触动了"我"的自尊心吧——藤野先生所得到的回答也很不充分，而他竟毫无意识，还自顾自叹息道："总要看一看才知道。究竟是怎么一回事呢？"心无芥蒂的书生气质跃然纸上。

再比如，等到知道"我"决定放弃医学离开仙台，藤野先生的惊讶和失望可想而知。尽管如此，藤野先生并未当面对"我"说出他的惊讶和失望，"他的脸色仿佛有些悲哀，似乎想说话，但竟没有说"。他只是特地叫"我"去他家，赠"我"一张照片，背后郑重地写上"惜别"二字，并希望"我"也给他留一张。这是怎样的古道热肠啊！

四

当时"我"对这一切还是有些麻木。离别之后，经历了文章没有明说的许许多多人生的波折，"我"才越来越感到当时跟藤野先生之间的这份师生情谊的可贵，越来越感到藤野先生人性的良善与人格的伟大。"他所改正的讲义，我曾经订成三厚本，收藏着的，将作为永久的纪念。"鲁迅对医学讲义的极端重视和珍惜是真的，文章中说这"三厚本"搬家时很可惜遗失了，但实际上讲义（现在统称"医学笔记"）并未遗失，而是在1950年代筹建绍兴鲁迅纪念馆时，由鲁迅1919年存放书物的乡邻张梓生交给许广平，再由许广平捐献给刚成立不久的北京鲁迅博物馆，因此见证鲁迅和藤野先生师生情谊的这份珍贵文献就长留天壤之间了。

鲁迅对藤野先生的怀念与日俱增，不仅预备将"医学笔记"当作"永久的记念"，还将他的照片挂在书桌对面的墙上，几乎每日瞻仰，从而激发"良心"，得到生存和战斗的勇气。

　　人与人之间的真心交流，求之于家人、朋友、同乡、同胞，往往也很难得，何况求之于不同国家的师生之间，何况师生相处还不到两年，后来相互之间也不曾通过音讯！

　　鲁迅对藤野先生一直怀念不已，并非撰写一篇纪念文章就完事了。1934年日本《岩波文库》预备出版增田涉、佐藤春夫编译的《鲁迅选集》，鲁迅对特为此事征求意见的增田涉说："《某氏集》（按指日文版《鲁迅选集》）请全权处理。我看要放进去的，一篇也没有了。只有《藤野先生》一文，请译出补进去。"[5]

　　1935年《鲁迅选集》即将出版，鲁迅又对《岩波文库》专程来上海看望他的人说，"一切随意，但希望能把《藤野先生》选录进去。"他生怕遗漏这一篇。

　　1935年6月27日致日本友人山本初枝夫人的信又说："藤野先生是大约三十年前仙台医学专门学校的解剖学教授，是真名实姓。该校现在已成为大学了，

5　1934年12月2日鲁迅致增田涉信，《鲁迅全集》(14)，人民文学出版社，2005年11月第1版，第328页。

三四年前曾托友人去打听过，他已不在那里了。是否还在世，也不得而知。倘仍健在，已七十左右了。"1936年夏，病中的鲁迅又向前来探视的增田涉询问藤野先生的情况，得知尚未取得联系，就叹息道："藤野先生大概已经不在世了吧。"

1936年2月，在鲁迅生命的最后一年，也是中日全面交战的前夜，日本《改造》杂志社向鲁迅约稿，希望鲁迅在那种局面下说些什么。鲁迅扶病用日语所作的杂文的题目竟是《我要骗人》(同时译为中文发表)。他觉得，那时候"要彼此看见和了解真实的心"谈何容易，无论在中国抑或在日本都"还不是披沥真实的心的时光"。说这话时，被鲁迅尊为"在我所认为我师的之中，他是最使我感激，给我鼓励的一个"的藤野先生的音容笑貌，连同那"缓慢而很有顿挫的声调"，是否又在他的心中闪现了呢？

这一年7月，在给捷克青年汉学家普实克的《呐喊》捷克译本所作序言中，鲁迅再次重申他的文学（也是人生）的主张：

> 自然，人类最好是彼此不隔膜，相关心。
> 然而最平正的道路，却只有用文艺来沟通，
> 可惜走这条道路的人又少得很。

文艺如何让人类"彼此不隔膜，相关心"？《藤野先生》里面应该就有答案吧。

　　还有一个细节值得一说，就是鲁迅当初对于究竟应该给这篇文章取怎样一个标题，还是颇费踌躇的。手稿原题"吾师藤野先生"，鲁迅先涂掉"吾师"，似觉不妥，索性连"藤野"也涂掉，而且涂得墨色极浓（除非用极先进的光学分析技术也很难看出被涂改的内容），旁边再另书"藤野"二字，这才有了今天大家看到的定名[6]。学者们纷纷研究鲁迅为何如此涂改，希望找出其中的深意。其实如果鲁迅起初就用"吾师藤野"为题，大家也会接受，而"藤野先生"之前也已经隐含了"吾师""我师""我与"之类的前缀。"吾师藤野"和"藤野先生"二者并无多大的差别。但是，有一点可以肯定，即鲁迅在斟酌如何给这篇文章确立一个他自己认为比较合适的标题时，态度是多么的虔敬啊。

　　正因为有这种极端虔敬的态度，才能写出可爱的藤野先生的形象，至今仍然感动着无数读者的心。

6　[日] 佐藤明久《发现被涂去的文字"吾师藤野"之后——2011年9月25日后的起点》，《中国现代作家手稿及文献国际学术研讨会文集》，上海鲁迅纪念馆编，2016年4月第1版，第155—162页。

"少年中国"的精神气象

郜元宝讲王独清《我在欧洲的生活》《独清自选集》

一

王独清（1898—1940），陕西长安（今西安）人，自幼聪慧好学，九岁能诗，十五岁被当地一份报纸聘为主笔。五四前后留学日本，不久回上海继续编报纸。20世纪20年代初再由上海去法国留学。

王独清本来学自然科学，到法国后接触到欧洲现代文学，加上留学生活的刺激，才正式开始新文学创作，并与郭沫若等人通信，在创造社刊物上大量发表作品，成为以日本、上海为基地的创造社在欧洲的唯一成员。王独清的文学活动与创造社相始终，他当时的名气仅次于郭沫若、郁达夫和成仿吾这三位创造社元老。

20世纪30年代初，王独清加入"托派"，创造社的大部分同人则转向左翼文化运动。他们和王独清分道扬镳后，把以往内部矛盾的责任全部推给王独清，郭沫若还给他起了个绰号叫"王独昏"。王独清本名王诚,号笃卿,他昔日的战友们说他既不"诚",也不"笃"。与此同时,作为托派分子的王独清又饱受国民党政府的打压。两面夹击,迫使他放弃文学活动,隐居上海。1940年,四十二岁的王独清在贫病孤独中溘然长逝。

《我在欧洲的生活》写于1931年底,是王独清1920年初至1925年底旅欧生活的回忆录。王独清在这本书的自序中说,"我的命运或者是注定了要在一个被人虐待的氛围中老死而去",真是一语成谶。此后很长时间,王独清在文学史上的地位一直被低估。有关他生平事迹的说法以讹传讹,错误百出。

这种局面直到20世纪90年代才有所改观,但学术界研究王独清旅欧生活的细节,目前主要的参考材料,还只有他本人的这本自传。书中人物全用谐音的化名,但所记皆真人真事,我们据此大致可以了解,那时候一个中国知识青年在欧洲一住六年,究竟都干了些什么。

二

王独清一到巴黎,首先接触的并非法国人,而是中国人。这一点和初次出国的绝大多数中国人没什么两样。

当时在法国的中国人,有一战之后留下来的"华工"。王独清在上海接触过归国的华工,他去法国时,身上还带着一份中华工会要他组织欧洲分会的委任状。但他到了法国才知道，华工工会很难开展活动。因此他一到法国，便无人接头，顿时陷入困境。

王独清只好求助于同样身份的留法中国学生，其中有公费、半公费，更多则是勤工俭学的自费生。这些人大多数参加过少年中国学会，有无政府主义者、国家主义者，以及后来的共产主义者，如蔡和森、蔡畅、王若飞、周恩来、邓小平等。王独清的求助对象还有少数外交官和学界名流如吴稚晖、蔡元培等。交游广阔这一特点，就使得《我在欧洲的生活》成为研究20世纪20年代中国留法学生与旅欧华人不可多得的一部纪实作品。

该书文学性也很高，语言生动活泼，作者笔下旅欧中国人的生活富于传奇色彩，用他自己的话说，"我所遇的人都太过是小说中的人物了"。

当时除了少数公费生，勤工俭学的自费生必须四处寻工，维持生存。王独清是自费生，王家又是"从小康人家而坠入困顿的"，无钱接济，所以他偶尔也会做工。比如，有一位在巴黎大学一起听课的同学请他去他家在瑞士的庄园管理账务。没干几天，王独清就和这位同学的母亲吵架，拂袖而去。还有人介绍他去里昂郊外的一家私人花园做园丁。他想趁机研究植物学，但工头派他做苦工，还只能住贫民窟。这令他大失所望，熬了半年便落荒而逃。

　　既然不肯死心塌地做苦工，那么王独清在欧洲主要靠什么生活呢？

　　说来你也许不信，除了偶尔从国内汇来一点稿费，或者向欧洲本地报刊投稿，得到少许报酬，王独清主要靠借债度日。他向中国外交官和学界名流借，也向勤工俭学的学生借，经常寅吃卯粮，拆东墙补西墙。有时候他借宿于法国人或意大利人的家里，在拿波里还曾经出入某个贵妇人的沙龙，又喜欢泡酒吧和咖啡馆，但大部分时间还是生活于贫困线以下。这有点像杜甫，一度也曾肥马轻裘，壮游四方，更多则四处流窜，"朝扣富儿门，暮随肥马尘。残羹与冷炙，到处潜悲辛"。

　　王独清确实喜欢以杜甫自况，或自称是在欧洲到处流浪的"波西米亚人"。这种心境跟破落户旧家子弟的习气有关，但也是因为失恋导致了精神颓废。

　　原来在从上海到法国的邮轮上，他爱上了同船留学的一位四川女子。该女子未婚夫很快也来欧洲留学，但该女子一不做二不休，索性将王独清与未婚夫统统甩掉，伴上新的如意郎君。这位女神不是别人，乃是五四时期在四川"只手打倒孔家店"的吴虞的女儿吴若膺。那位不幸的未婚夫则是中国现代音乐学奠基人王光祈。王光祈黯然离开法国，去德国专攻音乐。王独清则到处流荡，用忧郁的眼睛观察欧洲，也用流血的心眷恋故土，由此写下许多脍炙人口的诗篇。

在异国他乡，一个中国女子伤了两个中国男人的心，却促成他们各自的事业。这多像是一篇小说啊。

王独清的爱情故事，是他游历欧洲的一项主要内容。和吴若膺分手后，王独清又先后跟四名外国女子恋爱。他的许多诗篇都是为这些女子而作。

在巴黎近郊蒙达尔城，房东摩莱先生向王独清开放丰富的藏书，引他进入法国文学的圣殿。摩莱先生多情的女儿玛格丽特则向他频频发出爱的信号。尚未走出失恋阴影的王独清不敢接受玛格丽特的爱，只好落荒而逃。

在里昂附近的 V 城，法国姑娘茜绿特又要他做"终身寄托的人"。但他只能辜负人家的好意，始终跟她维持着"亲密的友爱"关系。

在威尼斯，他倒差点跟一位意大利姑娘阿李丝私奔。但阿李丝的继母也爱上了他。王独清当然不肯就范，因此这位继母棒打鸳鸯，硬是拆散了他和阿李丝。

在罗马，他又爱上了歌剧家谢狄梅里的女儿马丽亚，还用意大利语给马丽亚写过一首热情似火的恋歌，马丽亚为之润色，谢狄梅里先生则把这首情歌用在他的一出悲剧中。另一首情歌《玫瑰花》则是写他和马丽亚痛苦的分手：

啊，玫瑰花！我暗暗地表示谢忱：/你把她的粉泽送近了我的颤唇，/你使我们俩底呼吸合葬在你芳魂之中，/你使我们俩在你底香骸内接吻！

王独清融汇中国传统香艳诗与法国浪漫主义和现代主义诗歌，造成一种颓废而唯美的效果。他创作于欧洲的许多爱情诗，基本上都是这种风格。

三

除了恋爱，王独清更多时间则是漫游。他先后游历了法国、比利时、西班牙、英国、德国、瑞士、希腊、意大利，接触各界人士，研究各种学问。他的漫游是游历，也是游学。

在巴黎，他既跟诺贝尔文学奖得主法朗士、西班牙著名作家伊本涅支侃侃而谈，也跟贫民窟的三教九流沆瀣一气。

在罗马，他通过对意大利建筑的实地考察，对法国学者丹纳的艺术史理论提出质疑。

在柏林，一位德国老教授指导他钻研历史、地理、考古。他还自学弗洛伊德心理学，马克思的经济学，康德、黑格尔的美学，还对星相学产生浓厚兴趣。德国老教授非常欣赏他撰写的一半英文一半法文的星相学小册子，鼓励他攻读博士学位。但他志不在此，含笑婉拒了。

他先后学习了法文、英文、德文、意大利文、西班牙文、拉丁文和希腊文。如果这一切都属实的话，其语言天赋真是惊人。

但他那颗颓废而浪漫的心，岂能满足于学问？学问给了他快乐，却不能阻挡他"奔放的诗情"。他说"我底诗是那样的充满了浪人底呼吸，我底生活也完全是Boheme 底生活了"。

王独清的同乡、创造社主要成员之一郑伯奇曾说，王独清的所谓留学法国，主要就是在法国的咖啡馆里成天地鬼混。这显然是不负责任的诽谤。且看王独清那首有名的《我从 Café 中出来——》，如何描写 Café 带给他的灵感——

> 我从 Café 中出来，/身上添了/中酒的/疲乏，/我不知道/向哪一处走去，才是我底/暂时的住家——/啊，冷静的街衢，/黄昏，细雨！

这位被咖啡灌醉的中国人身在欧洲，心系祖国。他觉得自己既不属于欧洲，又快要被祖国抛弃，所以走出咖啡馆，便无家可归了。王独清就是带着这种无家可归的破碎的心漫游欧洲，所到之处，触景生情。

他在长诗《吊罗马》中说——

　　既然这儿像长安一样，陷入了衰颓败倾，/既然这儿像长安一样埋着旧时的文明，/我，我怎能不把我底热泪，我 nostalgia 底热泪，/借用来，借用来尽心地洒，尽心地挥？/雨只是这样迷蒙的不停，/我已与伏在雨中的罗马接近：/啊啊，伟大的罗马，威严的罗马，雄浑的罗马！/我真想把我哭昏，拼我这一生来给你招魂……

看到流落欧洲的埃及人，王独清又想起处境类似的中国和他自己，在《埃及人》中写道——

　　唉，埃及人，埃及人，埃及人，埃及人！/……知不知道你们应该负创造文明的光荣？/知不知道你们祖先是最初的天才，英雄？/知不知道你们立过人类第一次的信仰？/知不知道你们建过那夸耀盛世的庙堂？/知不知道你们有过最可惊的黄金时代？/知不知道你们底土地有最神圣的余灰？

在巴黎，在他旅欧生活的中心，王独清又看到什么呢？

到巴黎的第一天，他兴奋得手舞足蹈，雇了辆汽车到处逛，弄得一贫如洗。但最初的兴奋很快过去，巴黎向他展示了另一面。《Seine 河边的冬夜》写他看到冷酷的冬夜："行人稀少的 Seine 河边，有几个贫民酣眠在败叶之中。""风，尽管是悲鸣，悲鸣，就好像在向人昭示，昭示这近代文明之区是一个罪恶的深坑。但是这几个兄弟就尽管这样睡在这儿，睡在这儿，不醒，不醒，不醒，——唉，我恨不得，恨不得放起火来，把这繁华的巴黎，烧一个干净！"

在这样的巴黎住得越久，他就越思念中国。长诗《动身归国的时候》就是这种情绪的总爆发——

> 怪可怜的，怪可怜的是我在这儿滥用了的感情！/ 怪可怜的，怪可怜的是我在这儿浪费了的聪明！/ 怪可怜的，怪可怜的是我在这儿丢弃了的青春！/ 怪可怜的，怪可怜的是我在这儿失掉了的真心！/……/ 唉，还是归去，归去，迅速而不迟疑地归去！

王独清是在巴黎咖啡馆看到法国报纸报道五卅运动，才毅然决定回国，并写下这首《动身归国的时候》。这首诗用不着多分析。最好的欣赏不是分析，而是反复地去吟味。

值得一提的是，告别欧洲、准备回国的王独清，并不因为看到欧洲现代文明种种病象，就把阔别已久的故国想象成温柔富贵乡。他既不像梁启超，批判了欧洲的现代病，就轻率地举出东方文化的大旗来自我标榜。他也不像老舍，因为在异国他乡饱受屈辱，就把祖国的现实想象得过于美好。王独清要告别漫游六年的欧洲，回归故国，只是一任爱国心的牵引，而在理智上，他对于即将归去的祖国的现状，并无任何美好的幻想，他甚至设想"我底故国"快要成为"火后的废墟"，故国的土地将要被烧成一片"焦黑"，而他自己此时此刻的归国，其结果很可能只是"寻辱"，只是要在那儿"埋我底尸身"。尽管如此，他还是决意归去，"迅速而不迟疑地归去！"

在中国新文学三大海外发源地美国、日本和巴黎，王独清的旅欧诗篇以及《我在欧洲的生活》这本自传，可谓独树一帜，不可多得，其中洋溢着20世纪20年代浪迹天涯的中国青年的幻想与激情，忠实记录了一代人的痛苦、迷茫与种种可悲可笑，也显示了几乎无法复制的"少年中国"不计名利、上下求索、大胆创造的那样一种勇敢、热情、率真、浪漫的精神气象。

什么样的城市是美的

陈晓兰讲朱自清《欧游杂记》

一

中国有着源远流长的远游的历史，也有着光荣而漫长的记游的历史。绝地通天，幻游天国；远蹈异域，步东极与西极。遁隐于山水之间，游移于尘垢之外。远游以求道，远游以谋生，远游以行侠，或者宦游他乡，或者流放于边疆僻地……可以说，"游"的记叙与想象贯穿于中国文学史。丰富多姿的游记体现了中国人远游的独特经验和精神追求，即对于自然奥秘的探索，对于天地万物、时间的永恒和个体生命的短暂的感悟与哲思，有限的身体对于无限的精神自由的追求。

中国人的远游和游记写作自 19 世纪后期开始发生了本质性的转变，一种新型的游记形式——海外游记——兴起。游的地理范围、游的经验、游记的内容、记游的目的和传播形式，都发生了本质性的转变。行旅的地理范围从海内走向海外，旅行者的足迹远及亚、非、拉、美、欧诸国。这些游记描绘异国的山川风貌、城镇社区、风俗习惯、物质文明。行游与写作转向"世俗化",由传统的自然山水为主导转向以世俗世界(如城镇)为主导,从人类普遍性的经验表达转向对于当下现实问题的讨论。游记写作被赋予了经世致用和启蒙的任务。

这样的海外游记写作,在 20 世纪前半个世纪迎来了它的黄金时期,几十年间产生了数以百计的作品,所涉及的区域涵盖四十多国,北至芬兰,南及智利,可以看到现代早期中国人世界旅行的地理范围和思想视野之广。这些游记将世界地理的抽象知识和概念具体化了,使遥远的地理想象化为亲历实地的经验。这些游记书写去国离乡的悲喜交集,穿越印度洋、地中海、大西洋、太平洋的海行经验,记录旅行者的旅途见闻、日常生活、工作学习,描绘异国的奇异风光和奇特的行旅经验。这些游记借助现代媒体,成为未出国门的普通读者获取异国信息、瞭望世界的窗口。

不同于今天大众旅游时代,普通人也会有能力、有机会出国旅游,甚至写游记公开发表,20 世纪早期的海外旅行者主要是中央和地方政府、教育文化机构、公共媒体派遣的外交人员、军政界要员、政府机构官员、实业家、教育家、社会活动家、驻外记者、自由知识分子、作家艺术家、留学生,等等。因此,可以说,他们都是掌握实权和话语权的社会、文化精英，对于中国现代的政治、社会和文化具有直接的影响力。

我们要讲的朱自清只是其中的一位。

二

提起朱自清，我们立刻就会想到他的美文《荷塘月色》《绿》《背影》等名篇。

朱自清出生于 1898 年，去世于 1948 年，在漂泊不定中度过短暂的人生。从北京大学哲学系毕业后，二十三岁的朱自清辗转于杭州、扬州、上海、台州、温州、宁波等地，先后在杭州第一师范、扬州第八中学、宁波浙江省立第四中学等学校任教。直到 1925 年 8 月，二十七岁的朱自清赴清华大学国文系任教，才开始了一生中比较安定的人生岁月。

1931 年，朱自清有幸获得了公费出国留学的机会，在英国伦敦留学一年。他于当年 8 月 22 日从北平火车站启程，经哈尔滨、满洲里、赤塔，一路向西，车行七日穿过苍茫的西伯利亚大平原，领略了广袤荒凉的西伯利亚风光、举世闻名的贝加尔湖。列车于 9 月 2 日夜晚到达莫斯科站，但朱自清在莫斯科未作停留，而是继续向波兰行驶。第二天到达波兰，换乘前往巴黎的火车，行两昼夜抵达巴黎。

也就是说，当时，从北平乘火车经西伯利亚、莫斯科、柏林至巴黎，大约需要十四五天的时间。朱自清在巴黎停留三日，游览了卢浮宫、凡尔赛宫、巴黎圣母院、埃菲尔铁塔等经典名胜，再从巴黎乘火车穿越海峡去伦敦，只需半天时间。可见，当时中国前往欧洲的陆上交通已经十分发达和便捷了。

朱自清在伦敦学习一年，主修语言学与英国文学，课余时间游历了伦敦、牛津以及莎士比亚的故乡斯特拉福镇等地。1932年5、6月间，朱自清回国之前，在欧洲大陆漫游了两个月，按他自己的说法，游历了法国、德国、荷兰、瑞士、意大利五个国家的十二个地方。他于7月7日由威尼斯乘船，经地中海过苏伊士运河、红海、印度洋回国，航行二十五天，于7月31日抵达上海吴淞码头。

朱自清的《欧游杂记》《伦敦杂记》记录了他旅居欧洲期间的所见所闻、所思所感，向中国读者描绘了迥异于中国的风景。这些充满异国情调的美文，先是以"西行通讯"的形式发表在叶圣陶主编的《中学生》杂志，后来结集出版，《欧游杂记》于1934年9月由开明书店出版，《伦敦杂记》直到1943年才出版。

在今天，大众旅游兴盛的时代，跨国旅游已经成为最大的国际产业，而周游世界甚至成了一些人的生活理想。我们去国离乡，跨过万水千山，究竟要在异国他乡寻找什么、发现什么呢？我们是被什么东西感动又是如何想象异国的呢？

透过朱自清的《欧游杂记》，可以看到 20 世纪 30 年代朱自清的异国体验以及他对于美的另一种思考，特别是他对于城市的思考，对于我们今天有着特别的现实意义。在旅居欧洲的一年间，朱自清游历了伦敦、牛津等英国城镇，后来在回国前的两个月间，又游历了巴黎、柏林、罗马、威尼斯、佛罗伦萨、庞贝等城市，他的游记描绘了完全不同的欧洲城市图景和他心目中美好的城市应该有的样貌。

三

在朱自清看来，一个城市的美，首先在于它的别致，这种别致体现在城市的自然环境、悠久的历史、独特的建筑以及市民生活的一切领域。他说，佛罗伦萨让人忘不掉的，是它的色调鲜明的大教堂和高耸入云的钟楼。人们从世界各地络绎不绝地来到罗马，罗马吸引他们的，正是它的古城墙、法庭、神庙、住宅的遗迹，七零八落的废墟、断壁残垣、角斗场，还有罗马城西南角上的英国坟场、艺术家的墓地。罗马城独一无二的个性就体现在这些历史遗迹中，罗马人就生活在这些历史遗迹中，也可以说就生活在历史的废墟中，而历史也成为现实的罗马不可分割的组成部分。

而威尼斯的别致则是它那天然的、独一无二的个性。他写道：

> 威尼斯是一个别致地方。出了火车站，你立刻便会觉得：这里没有汽车，要到哪儿，不是搭小火轮，便是雇"刚朵拉"。大运河穿过威尼斯像反写的 S，这就是大街。另有小河道四百十八条，这些就是小胡同。轮船像公共汽车，在大街上走；"刚朵拉"是一种摇橹的小船，威尼斯所特有，它哪儿都去。威尼斯并非没有桥：三百七十八座，有的是。只要不怕转弯抹角，哪儿都走得到，用不着下河去。……
>
> 威尼斯是"海中的城"，在意大利半岛的东北角上，是一群小岛。……在圣马可广场的钟楼上看，团花锦簇似的东一块西一块，在绿波里荡漾着。远处是水天相接，一片茫茫。这里没有什么煤烟，天空干干净净；在温和的日光中，一切都像透明的。

对于色彩极其敏感的朱自清，特别强调威尼斯别致的色调。他说：威尼斯人是着色的能手，威尼斯建筑的白色大理石与玫瑰红的素朴的方纹，"在日光里鲜明得像少女一般"。威尼斯的色彩是艳而雅，艳丽而不失雅致，热闹而又不失庄严。圣马可广场是最热闹的地方，一天到晚人流络绎不绝，同时，这里也是最庄严的地方。

他特别强调这里所有的建筑都有三百年以上的历史，圣马可教堂则在那里耸立了八九百年，11世纪时按照拜占庭风格建造，14世纪时增加了哥特式的装饰，17世纪又饰以文艺复兴的风格，融庄严、肃穆与华妙为一体。他认为，整个圣马可广场体现了威尼斯人特有的审美趣味：结构精巧的建筑再加上雅而艳的色彩，让人产生恍惚迷离之感。庄严与华妙、自然与浪漫、现实与梦幻的和谐统一，正是威尼斯人充满活力而又不失优雅，注重现实而又不失浪漫的性格表征。

今天的中国人以城市的高大为美。而在朱自清看来，城市的美，不在大也不在繁华热闹，而在于小，在于静，在于质朴自然。

他在《欧游杂记》中特别礼赞德国、瑞士那些小巧玲珑、质朴宁静的城市。瑞士，被称为"欧洲的公园"，自然山水之美可谓大自然之美的巅峰，朱自清说"到了那里，才知无处不是好风景"，"这大半由于天然，小半也是人工"。那些玲珑可爱的小城镇，被森林包裹，或者临河而建，或者像是浮在湖上，人们轻轻地说话，轻轻地走路。

同样，荷兰，也给人以寂静和肃穆的感觉，建筑、厂房、住宅，都体现出一种肃穆和艺术的韵味。朱自清写道："淡淡的天色，寂寂的田野，火车走着，像没人理会一般。天尽头处偶尔看见一架半架风车，动也不动的，像向天揸开的铁手。"即使荷兰的京城海牙，地方不大，却是清静。"走在街上，在淡淡的太阳光里，觉得什么都可以忘记了的样子。""荷兰人有名地会盖房子。"灰色的田野映衬着红的、黄的、鲜艳的房屋，别有一番风味。即使是现代化大工厂的厂房，也不失其美的样式和风格，"一条条连接不断的横线都有大气力，足以支撑这座大屋子而有余，而且一眼看下去，痛快极了"；商铺和出租的公寓大厦也是精心设计，十分的精致："颜色要鲜明些，装饰风也要重些，大致是清秀玲珑的调子。"他甚至特别注意到那些建筑的细节，这样描绘一幢出租公寓："是不规则的几何形"，"每层楼都有栏杆，长的那边用蓝色，方的那边用白色，衬着淡黄的窗子"，"荷兰的新房子就像一只轮胎"，"大厦前还有一个狭长的池子，浅浅的，尽头处一座雕像"。

德国的德累斯顿留给他的最深刻的印象也是它的寂静。"这里只有一条热闹的大街；在街上走尽可以从容，斯斯文文的。"易北河穿城而过，古建筑、博物院林立的德累斯顿素有"德国的佛罗伦萨"之称，18世纪巴洛克式的、华丽炫目的城堡宫殿，驰名世界的博物院和国家画院藏有两千五百件名画，"排列得比哪儿都整齐清楚，见出德国人的脾气"。至于柏林，"街道宽大，干净"，"在这儿走路，尽可以从容自在地呼吸空气，不用张张望望躲躲闪闪"。最大最阔的菩提树下，排列着柏林大学、国家图书馆、新国家画院、国家歌剧院……，西连勃兰登堡门，东接大教堂、故宫和博物院洲（那里集中了七个博物院）。

同样，巴黎本身就是一个博物馆，一座艺术之城。朱自清说："巴黎人谁身上大概都长着一两根雅骨吧。你瞧公园里、大街上，有的是喷水，有的是雕像，博物院处处是，展览会常常开；他们几乎像呼吸空气一样呼吸着艺术气，自然而然就雅起来了。"

可以看到，朱自清这种强调城市个性、历史感、艺术意蕴的审美趣味和城市观，对于当代中国的城市改造、景观设计、欣赏城市的美学趣味，都具有参考价值。

美国社会学家刘易斯·芒福德说，"城市，象征地看，就是一个世界"。20世纪的世界，"从许多实际内容来看，已变为一座城市"。

两个欧洲的撕裂与并存

郜元宝讲艾青《芦笛》《巴黎》《马赛》

一

说到诗人艾青，熟悉中国现当代诗歌的读者会想到他的许多名篇，如《大堰河，我的保姆》《雪落在中国的土地上》《我爱这土地》《北方》，等等。从 20 世纪 30 年代初登上文坛到 1996 年逝世，艾青贡献给我们的优秀诗篇实在太多了，但我们这里只讲他三首有关欧洲和法国的诗歌，就是有名的《芦笛》，和分别以法国两大城市命名、或许不那么有名的《巴黎》与《马赛》。

把这三首诗放在一起说，是因为它们都写于艾青诗歌创作的起步期，即 1932 至 1935 年他被羁押于国民党监狱的那段日子，而且这三首诗都是以艾青 1929 年初至 1932 年初留学法国的经历为背景，都表达了诗人对现代欧洲文明的复杂情感。这对我们今天重新认识欧洲、重新思考中国与欧洲的关系，仍然不无启迪。

二

先来看看艾青对法国南部著名港口城市马赛的吟诵。这首诗的篇名就叫《马赛》，开头是这样写的——

> 如今 / 无定的行旅已把我抛到这 / 陌生的
> 海角的边滩上了。

诗人好像不肯告诉读者，他从前有过什么经历，一上来就说"如今"。但他对"如今"的诉说，仍然提到"从前"，就是即将结束于马赛的那"无定的行旅"。诗人在法国的留学生活究竟怎样"无定"，真是欲说还休。后来我们知道，那是多么艰辛、多么屈辱的"从前"！

接下来，诗人的目光很快转向眼前的现实，转向"无定的行旅"再次将他抛来的这座天涯海角的陌生城市。这是怎样一座城市？先看它的街道——

> 这城市的街道 / 摆荡着，/ 货车也像醉汉
> 一样颠扑，

街道怎么会"摆荡"？原来坑坑洼洼极不平坦的路面使行驶的车辆像醉汉一样剧烈颠簸，从坐在车上的司机或乘客看来，街道可不就是在"摆荡"吗？

如此描写马赛街道的崎岖坎坷似乎还不够，诗人又说——

  不平的路／使车辆如村妇般／连咒带骂地滚过……

真是"一切景语皆情语"。诗人如此描写马赛的街道，无非想告诉读者，这座城市多么混乱，多么缺乏理性、秩序与善意，到处是疯狂与丑恶，到处是可怕的陷阱：

  在路边／无数商铺的前面，／潜伏着／期待着／看不见的计谋，／和看不见的欺瞒……

因此，是道路的颠簸不平跟人心的黑暗与险恶共同造成生活的坎坷崎岖。既然如此，怎么还有那么多人涌向城市？诗人这样解释——

  他们的眼都一致地／观望他们的前面／——如海洋上夜里的船只／朝向灯塔所指示的路，／像有着生活之幸福的火焰／在茫茫的远处向他们招手原来，这充满计谋、欺瞒、丑恶和动荡的城市，竟是现代人的希望所在。他们只能飞蛾扑火般扑向这命定的归宿。过去三年，诗人就生活在这样的城市，生活在这些扑向城市的可悲的人们中间，心境自然不会太好——

　　　　在你这陌生的城市里，/ 我的快乐和悲哀，/ 都同样地感到单调而又孤独！/ 像唯一的骆驼，/ 在无限风飘的沙漠中，/ 寂寞地寂寞地跨过……/ 街头群众的欢腾的呼嚷，/ 也像飓风所煽起的砂石，/ 向我这不安的心头，/ 不可抗地飞来……

　　诗人怀揣一颗"单调""孤独"又"不安"的心，生活在陌生的城市里，举目望去，似乎一切都改变了形状，都包含了特殊的意味——

　　　　午时的太阳，/ 是中了酒毒的眼，/ 放射着混沌的愤怒 / 和混沌的悲哀……
　　　　　　……
　　　　烟囱！/ 你这为资本所奸淫了的女子！/ 头顶上 / 忧郁的流散着 / 弃妇之披发般的黑色的煤烟……

......

　　海岸的码头上，/ 堆货栈 / 和转运公司 / 和
大商场的广告，/ 强硬的屹立着，/ 像林间的盗
/ 等待着及时而来的财物。

　　《马赛》这首诗，从街道的坎坷崎岖写起，依次写
到街上各种车辆的颠簸，街两旁各种商店的欺诈，再
写到人们如飞蛾扑火般涌向城市，写到城市特有的景
观，如烟囱、码头、堆货栈、大商场广告。这一切都
面目狰狞，像森林里杀人越货的强盗。最后，诗人的
目光停留在那即将载着他从马赛离开法国、回归故乡
的"大邮轮"：

　　这大邮轮啊 / 世界上最堂皇的绑匪！/ 几
年前 / 我在它的肚子里 / 就当一条米虫般带到
此地来时，/ 已看到了 / 它的大肚子的可怕的
容量。/ 它的饕餮的鲸吞 / 能使东方的丰饶的
土地 / 遭难得 / 比经了蝗虫的打击和旱灾 / 还
要广大，深邃而不可救援！/ 半个世纪以来 /
已使得几个民族在它们的史页上 / 涂满了污血
和耻辱的泪…… / 而我—— / 这败颓的少年啊，
/ 就是那些民族当中 / 几万万里的一员！

近代以来，西方对中国和东方的征服、压榨和掠夺，被诗人压缩在"大邮轮"这一现代化交通工具的独特意象中。在这以前，似乎还没有哪个诗人如此敏锐地写出漂泊异国的中国的"败颓的少年"的心声。

但是，这少年与饕餮般鲸吞一切的西方"大邮轮"的故事还没有结束——

　　　今天／大邮轮将又把我／重新以无关心的手势，／抛到它的肚子里，／像另外的／成百成千的旅行者们一样。

三年前将诗人从中国运来法国的是这大邮轮，如今将他从法国运回中国的还是这大邮轮。运"我"来时，大邮轮只当"我"是一条微不足道的"米虫"；运"我"回去，大邮轮又把"我"随意抛进它的大肚子里。在大邮轮面前，"我"的生命毫无价值。

写到这里，诗人终于大声吼出他对马赛的复杂情感——

　　　马赛！／当我临走时／我高呼着你的名字！／而且我／以深深了解你的罪恶和秘密的眼，／依恋地／不忍舍去地看着你，

　　　……

马赛啊 / 你这盗匪的故乡 / 可怕的城市！

　　艾青在巴黎，因极度贫穷，实际上无法正规地学习绘画，三年不到，便不得不铩羽而归。马赛是他1929年春登陆法国的第一座城市，也是1932年春告别法国的最后一站。他透过马赛对法国社会的描写，像一幅幅凌乱而粗粝的后期印象派绘画，充满了爱与恨、光荣与屈辱、决绝与眷恋的纠葛。

三

　　巴黎又怎样呢？

　　和《马赛》一样，诗人在1930年代初的中国的监狱里回忆他在巴黎的生活，焦点也并非来到这座城市的起初的欣喜，而是临别时的百感交集。《巴黎》的情绪比《马赛》更加激越。与其说诗人从方方面面描绘客观存在的巴黎，不如说他是从各个角度描写自己心目中的巴黎。

　　一会儿，他将巴黎比作"患了歇斯底里的美丽的妓女"，让无数人神魂颠倒。一会儿，他又像描写马赛那样，依次描写巴黎街头的各色人等、城市的各种设施，比如鳞次栉比的建筑物、高耸的纪念碑尖顶、金光灿灿的铜像、大商铺和拍卖场、车水马龙的道路、电车与"地道车"（巴黎 1900 年就有地铁），他说："轮子 + 轮子 + 轮子是跳动的读点／汽笛 + 汽笛 + 汽笛是惊叹号！"这一切凑合成"无限长的美文"，显示巴黎"最怪异的'个性'"。巴黎的"个性"何在？诗人一言以蔽之："你是怪诞的，巴黎！"

然而，一旦从眼前的光怪陆离转向巴黎伟大的革命历史，诗人又止不住发出由衷的赞美：

> 巴黎／你是健强的！／你火焰冲天所发出的磁力／吸引了全世界上／各个国度的各个种族的人们，／怀着冒险的心理／奔向你／去爱你吻你／或者恨你到透骨！
>
> ……
>
> 巴黎，你这珍奇的创造啊／直叫人勇于生活／像勇于死亡一样的鲁莽！

"怪诞"的巴黎，又是"健强"的，它火光冲天，热力四射，激发人们对它产生极度的爱与恨，要么勇敢地去生活，要么勇敢地接受死亡。而这样的歌颂往前一步，又变成刻骨的咒诅——

> 啊，巴黎！／为了你的嫣然一笑／已使得多少人们／抛弃了／深深的爱着的他们的家园，／

迷失在你的暧昧的青睐里，/几十万人/都花尽了他们的精力/流干了劳动的汗/去祈求你/能给他们以些许的同情/和些许的爱怜！/但是/你——/庞大的都会啊/却是这样的一个/铁石心肠的生物！/我们终于/以痛苦，失败的沮丧/而益增强了/你放射着的光彩/你的傲慢！/而你/却抛弃众人在悲恸里/像废物一般的/毫无惋惜！/巴黎，/我恨你像爱你似的坚强

　　诗人就是这样一遍又一遍歌颂赞美巴黎，又一遍又一遍诅咒叱骂巴黎。他甚至想象自己有朝一日卷土重来，要攻克、征服和肆意蹂躏这座怪诞的城市——

　　那时啊/我们将是攻打你的先锋，/当克服了你时/我们将要/娱乐你/拥抱着你/要你在我们的臂上/癫笑歌唱！

　　中国文学史上，我们大概也找不出第二个诗人，曾经向现代文明的心脏巴黎倾泻过如此对立、如此分裂而又如此暴烈的复杂情感。

四

然而艾青也有无限柔情献给巴黎，献给法兰西，献给"欧罗巴"。《芦笛》一开篇就充满感恩地诉说——

我从你彩色的欧罗巴／带回了一支芦笛，／
同着它，／我曾在大西洋边／像在自己家里般走着

本来在欧洲感觉无家可归的诗人，因为这支芦笛，就好像回到自己的家。这支芦笛并非实有之物，而是法国诗人阿波利纳尔的一个典故。在监狱里的艾青正在阅读阿波利纳尔的一本诗集，叫《酒精》，其中有两行诗句被艾青借来做了《芦笛》的题记："当年我有一支芦笛，拿法国大元帅的节杖我也不换。"

"芦笛"，你可以理解为诗歌，也可以理解为欧洲文学所显示的现代文明，而"法国大元帅的节杖"则是法国诗人阿波利纳尔所唾弃的欧洲的世俗权威，也是羁押狱中的艾青所傲视的中国的世俗权威。凭着这支芦笛，诗人过去曾在大西洋边的欧罗巴"像在自己家里般走着"；也是凭着这支芦笛，如今身陷囹圄的诗人照样傲视和唾弃那些扬扬得意的统治者。这神奇的芦笛不是别的，乃是文明的欧罗巴给予他的宝贵馈赠，所以"我想起那支芦笛啊，／它是我对于欧罗巴的最

真挚的回忆"。

对不同的巴黎、不同的法兰西和不同的欧罗巴，诗人怀抱着不同的情感：

> 谁不应该朝向那 / 白里安和俾斯麦的版图 / 吐上轻蔑的唾液呢——/ 那在眼角里充溢着贪婪，/ 卑污的盗贼的欧罗巴！/ 但是，/ 我耽爱着你的欧罗巴啊，/ 波特莱尔和兰布的欧罗巴。

诗人心目中的两个巴黎、两个法国、两个欧洲既撕裂着，又并存着。诗人向一个投去的诅咒、叱骂和唾弃，跟他向另一个所献上的羡慕、赞美与感谢，难解难分。艾青的诗，就是这样写出那个年代中国人对巴黎、对法国、对欧洲的对立而又统一的情感。

今天，越来越多的中国人去欧洲旅游、留学或移民定居。比起当年贫困的留学生艾青，今天的中国人会跑更多地方，拍更多照片，喝更多咖啡，买更多名牌，获得或失去更大的财富，得到更高的荣耀，或遭受更重的屈辱，从而对巴黎、法国和欧洲有更深刻更全面的认识。重读艾青20世纪30年代初有关马赛、巴黎和欧洲的这三首狱中诗篇，某些地方好像就是为今天而写，令我们感到异常亲切。

英国人的乡村生活

陈晓兰讲储安平《英国采风录》

一

比起其他耳熟能详的作家，储安平可能我们比较陌生，其实他在 20 世纪上半叶，在中国的知识分子中间有很大的影响。

储安平出生于 1909 年，江苏宜兴人，祖上是宜兴的望族。1928 年，储安平考入上海光华大学。这所大学在 1952 年院系调整时取消，院系合并到其他大学，也可以说，现在华东师范大学的前身就是光华大学。

关于他在大学读的专业有三种说法：一种说法是他读的是政治系，因为他一生对于政治都非常关注；一说是新闻系，因为他大学毕业后就在《中央日报》副刊做编辑，20 世纪 40 年代还创办了《观察》杂志，新中国成立后还做过《光明日报》的总编；还有一说，他读的是英国文学系，因为他的英文非常好，对于英国也很有研究，在大学时就翻译过英文著作，开始了文学创作。

不管他学的是什么专业，当时的知识分子大多没有什么狭隘的专业意识。储安平写过散文、小说、政论文章、通讯报道。

1936年，储安平随中国奥运代表团赴欧洲报道德国奥运会的情况，奥运会结束后他前往英国自费留学，在爱丁堡大学攻读历史学。从他的《英国采风录》，我们可以对他在爱丁堡的生活状况有一点了解。

他写道，自己在爱丁堡时，"虽不敢自谓中国最穷苦的留学生，但至少可以列入第一等的穷留学生名单中"。他自己烧饭、洗衣，每月食宿零用仅四英镑，合当时国币约六十五元。后来他从爱丁堡大学退学，转到伦敦大学。他大约在1938年回国，因此，在英国为期两年。20世纪40年代，他曾经在湖南蓝田国立师范学院、重庆中央政治学校教过书，1946年应聘为复旦大学教授。

关于《英国采风录》这部书，储安平在1945年4月（他当时还在蓝田国立师范学院教书）为这本书写的序言中说：这本书写作于"从长沙失守、桂林沦陷这几个月近乎逃难的生活之中"（1944年6月长沙失守，11月桂林沦陷）。在这几个月中，他及数以百计的同事，"大都将整天的精力花费在日常的饮食琐事之上，心情因局势的动荡极不安定。然而在那种混乱、困顿、几乎无所依归的生活中，有时究不能不做一点较为正常的工作，以维持一个人生活中不可缺少的生活的纪律"。这样断断续续写了十章，后来结集为《英国采风录》，由商务印书馆于 1946 年 2 月在重庆出版，1947年 7 月又在上海出第二版，1948 年底由上海观察社出第三版。当时的影响可见一斑。

二

这部时断时续写于离乱时期的书，所描绘的遥远的英国社会的美好景观，与现实中国的战乱、动荡不安，形成了强烈的反差。

储安平说，这本书讲述的是：自己作为一个中国人，所知道的英国。他叙述英国的事，情不自禁地就要与自己的国家做比较。他常常思考的就是这样两个问题：

第一，中英两国人的性格、做人做事的精神有何不同？第二，英国是一个强国，中国是一个弱国，一强一弱的道理究竟何在？在《英国采风录》中，储安平从英国的历史源流、文化传统、政治制度、气候，英国人的气质、性格、生活方式、饮食习惯等方面为这些问题寻找答案。所以说，《英国采风录》不同于一般的游记，它不只是描绘英国美丽的自然风景和名胜古迹，而且还深入研究风景背后的政治制度、历史传统和英国的国民性。

他认为，英国人所具有的天赋特质中最重要的是其组织能力和自治能力。这在他们的谚语中可见一斑：

一个英国人：一个呆子。两个英国人：一场足球。三个英国人：一个不列颠帝国。

他说，在这个简单的谚语中，体现了英国人的合作精神与合作能力，英国人天生具有一种服务社会的观念和热情。他们是最务实的民族，是一个行动的民族，注重实践、注重行动的结果，经验主义和实用主义在英国最为发达。

英国在实际的改革方面，向来不追求空洞的理论，他们的政治原理也避免空想而注重实际。政治家策划大事，很少发表空洞、虚浮的言论，而是密切关注现实，做出切合实际的决策和意见。一般官吏，也总是集中于职分内的工作，很少参加华而不实的会议，发表大而无当的演说。人民对于一个官员或一个机关的期望是他实际的工作而非动人的辞令或辉煌的典礼。政府各部门也总是默默地埋头工作，一般社会及人民日常生活，也是实实在在，务实重行。

储安平认为，在中国，这种务实的精神和性格，在农民身上有很好的体现。中国的农民也非常务实重行，脚踏实地，实事求是，重信讲义，心地纯良。

储安平特别关注英国的乡村，《英国采风录》以大量篇幅描绘英国的自然风光和普通人的乡村生活。他认为，爱好自然，爱好乡村生活，是英国人的一大特点。

在英国，"除了乡村以外，没有什么地方能够使他们满足"。乡村被英国人看作"唯一能使人享受自然生活的地方"。在工业化、城市化如火如荼的18、19世纪，英国的贵族、地主、乡绅的生活，依然大部分消磨于乡村，他们厌恶都市的喧嚣，嫌城市的空气太脏，他们有句话："一个家庭离开伦敦五十里者，可历一百年之久；离开伦敦一百里者，可历两百年之久。"

中国人也爱好自然，爱好乡村，但是，中国人论及自然生活或者自然美，立刻就会联想到"山水名胜"。要享受自然生活或自然之美，就必须出游。

英国的情形却相反，除了英国西部的威尔士和北部的苏格兰外，在英国的心脏英格兰，很少有名山大川所造成的雄伟奇险之地，英国的自然之美，就是一种普通的风景，就是一种平淡无奇的美。英国的乡村像公园，也可以说，整个英国也像一个大公园，而英国的公园又最具乡村风味。因此，可以说在当时，世界上这个最先进、最现代化的国家同时又最具乡村特色。

三

储安平在《英国采风录》中对于英国自然生活中最习见的草地和树木予以特别的关注，描绘整个国土被绿草覆盖、苍天大树随处可见的风光，探求形成这种国家地理景观的政治制度和思想观念。

英国潮湿的气候有益于树木的生长，更重要的是，树木受到英国人的珍视，英国人不砍伐、不糟蹋树木。富有进取精神的英国人同时也具有保守的天性，他们尊重和保护一切古老的东西，随处可见的千年古树就是一大明证。

储安平认为："苍天大树足以抚摸一个人的心灵而养其浩然之气，使他的品格和胸怀因受大树的感召而日渐超脱。"他追溯英国人爱草、种草的传统和土地制度：古代英国人的土地耕种采用三年耕种一年休耕的制度，即把耕地分为甲、乙、丙三份，如甲地种大麦，乙地则种小麦，丙地则种青草以作牧场，如此三年一轮，使土地休养生息，保护土地的滋长力。这种传统一直延续了下来，时至今日，英国城市近郊依然可以看到绵延不断的草地，这是英国人的公有财产，人人可去，人人可看。除了这些占全国耕地面积三分之一的草地外，英国的城市、乡村，公共建筑、私家宅院的空地，也都被大大小小的草地覆盖。而英国人的草地，也不是杂草丛生或荒芜零乱的荒野，而是经过合理规划、有专人照料，整齐有序、葱郁光润。

英国的公园也以树木和草地为主体。储安平比较了英国的公园和中国的传统园林，他认为，中国旧式园林的拥有者钟情于假山、盆景、水池、亭台，讲究的是曲径通幽，现代时期的公园建设依然受到中国传统园林观念的影响，空地和草地较少。因为，中国的公园是供人"游"的，而英国的公园是供人"憩"的，是一个休息的地方。人们在工作疲乏之余，或心神困顿之时，在树木森然、平坦、空旷的草地中，漫步片刻，心胸顿觉开阔。英国人重视个人隐私，他们在公园散步时也喜欢一个人独步，沉默无言，视线与心灵沉浸在自然的境界之中，英国公园的开阔平坦恰好适合独行者的漫步与沉思。

20 世纪 30 年代英国的乡村生活又如何呢？

四通八达的交通把乡村和城市连接了起来，从城市到乡村一两个小时即可到达。在乡村，见不到泥泞坎坷的道路。通信便利，乡村无消息闭塞、文化落后之苦。自来水、煤气、卫生、教育、无线电已普及乡村，英国的乡下人可以随时听到 BBC 的广播，在早餐的桌子上可以读到伦敦当天的报纸，知道世界任何一个角落里发生的大事小事。牛奶、牛油、火腿、干酪、茶叶、巧克力到处都可以买到。现代化的物质设备为乡村生活提供的一切便利，使得乡村与城市并无本质的差别，而乡村除了城市所拥有的一切物质便利外，还提供清新的空气，安静的睡眠，宁静、和平的心性。

爱好自然，常常被视为英国民族性的一般特征。

丹麦学者勃兰兑斯在论及 19 世纪英国浪漫主义文学时说：在 19 世纪最初几十年的英国诗歌里，体现了这个国家的精神生活中那股强大、深刻、内涵丰富的潮流，这些潮流都可以归结到一种本源，即生气勃勃的自然主义。他说："这个时期的英国诗人全部都是大自然的观察者、爱好者和崇拜者。英国的诗之女神从远古以来就是乡间别墅和农庄的常客。伟大的诗人把诗歌献给乡村，描绘了一幅幅山川湖泊和乡村居民的图画，以最敏锐的感受能力，以最细腻的笔触描绘大自然所提供的灿烂的色彩、歌声、水果的香甜和花的芬芳。"正如德国作家歌德所说的，"自然给人以最好的教育，因为它可以使任何人感到幸福"。

离开自我，用心去游

陈晓兰讲冯骥才《远行：与异文明的初恋》

一

冯骥才是当代中国文坛非常重要，也非常特别的作家。他自 20 世纪 80 年代初访问英、美开始，三十多年间足迹遍布欧美国家，多次游历法、德、奥地利、荷兰、比利时、俄罗斯、意大利、希腊等国，随游随记，撰写游记百万字，有九部海外游记面世。估计只要他不停下远行的步履，他一定会不停歇地写下去。

《远行：与异文明的初恋》出版于 2017 年，由六部游记的选段构成，分别是《雾里看伦敦》，它记录了 1981 年 10 月间冯骥才出游伦敦的经历和所见所闻；另外一部是出版于 2002 年的《巴黎，艺术至上》；有关奥地利的部分则选自 2003 年出版的《萨尔茨堡，乐神的摇篮》和 2010 年出版的《维也纳情感》；关于俄罗斯的部分，主要选自 2003 年出版的《倾听俄罗斯》和 2015 年出版的日记体游记《俄罗斯双城记》。

这部游记选集以欧洲四个国家为主题，为我们提供了更加开阔的视野和东西欧丰富的文化信息，我们从中可以看到俄罗斯与西欧国家的不同，俄罗斯自身2003年至2013年十年间发生的变化，西欧内部国与国之间的差异和对比，这种差异不仅表现在政治制度、文化遗产、民情风俗方面，也体现在色彩和土地的耕种方式所形成的国土整体风貌上的特色。

从时间上来说，《远行：与异文明的初恋》记录了1981年至2013年期间，冯骥才周游列国的所见所闻和所思所感，以蠡测海，从中可以窥探从改革开放之初到21世纪最初十几年间，中国有幸走出国门的当代知识分子从开眼看世界到深刻反思中西现实和文明差异的心路历程。

冯骥才对于旅游不仅有着丰富的体验，也有着深刻的思考。

他在2010年出版的《维也纳情感》中说：游的最大快乐是遭遇不同，游的目的是发现、感知、享受不同。旅行者"突然进入一片不曾见过的全然一新的天地"，遇到完全不同的"风光、面孔、文字、语言""习俗、审美、生活与思维的方式"，"这种遭遇让你亮起眸子，竖起耳朵，敞开心怀，感觉空前的鲜活"。跨国旅游，就是在异国他乡获得全新的、截然不同的体验与知识，感受不同国家所独有的文化底蕴。做一个有文化的深度旅游者，从文化的立场、审美的角度去选择和发现异文化，体会不同国度的人民的生活，从美的入口寻找另一种文明独特的本质。与此相反，走马观花、叽叽喳喳、拍照购物，穿梭于眼花缭乱的异域风景之间，满足于视觉感官的享受，认知能力仅仅停留在眼睛所看到的景观表面，看个新鲜热闹，正是大众旅游的特点。而文化的、诗意的深度旅游，则要弄明白风景所在的国家，想一想你所看到的一切"为什么与自己不同"，进而发现风景背后的历史、政治、文化意蕴，这样才能找到进入另一种文明的入口，就像找到"打开一座城市的钥匙"。

二

冯骥才的海外游记不只描绘异国的蓝天碧海、自然名胜，而是更多将笔力倾注于欧洲大都会的历史遗迹和艺术殿堂，更倾心于古城小镇、古旧狭窄的街巷，宁静的气氛，老门牌号，被时光磨旧的雕像、艺术家和作家的故居、坟墓、纪念馆。他说，在欧洲各城镇旅游，就是在它们无比丰富的历史文化中遨游，带着文化的眼光去体验体现在风景、建筑中的历史、文化、社会和生活，也正是这种浓郁的历史风韵压住了现代物质奢华的浮躁。而且，随处可见的历史遗迹，"永远把历史竖在人们面前"，"历史被立体化，融进了现代人的精神需要中"。

冯骥才非常强调优秀的历史遗产的价值，他反复地絮絮叨叨地言说着尊重历史对于现在对于未来有多么重要："历史是发生过的，它是一大宗不动产，但只有成为人们精神生活必不可少的，才能化为无穷无尽的财富。"

2003年出版的《倾听俄罗斯》，记录他第一次在俄罗斯的旅行经历。他说：

> 如今从俄罗斯回来已经两个月。我仍旧不能弄清此行所感受的那种奇异、错乱与美妙。历史与现实，已知和未知，自己与对方，全都碎片状地相互无序地交错在一起。我第一次经历这样一种旅行体验：不是不断看到新的，而是常常遇到旧的，很像是重返故乡。

这种似曾相识的怀旧感，在当代中国作家的俄罗斯游记中非常普遍。一方面是20世纪50年代苏联对于中国的影响，更重要的是来自他们所熟悉的作家、艺术家的作品。踏上俄罗斯的土地，耳边回响起曾经熟悉的乐曲，眼前浮现出作家们笔下的俄罗斯风光，探寻作家们生活过的地方，让他们激动不已。

俄罗斯之旅，也是寻访这些作家的旅程，亲眼见证作家生活的地方、作品诞生的地方。在俄罗斯，到处都保留着普希金、屠格涅夫、果戈理、托尔斯泰、契诃夫等伟大的作家的遗迹，俄罗斯历经变迁，人们依然把这些伟大的作家视为珍宝、视为大地上的灵魂。他们完好地保留着这些作家生活过的地方，这些作家的故居虽然吸引了世界各地的游客，但俄罗斯人并未把它们当作旅游资源，而是把它们作为自己文化的精神象征。每当作家的纪念日，在他的家乡或者他生活过的地方，人们都会自发地组织纪念活动，朗诵他们的作品，在墓地、在雕像前献上鲜花。

冯骥才与许多到俄罗斯旅游的人一样，特地绕道到图拉省，拜访托尔斯泰的故居——亚斯纳亚·波良纳庄园。托尔斯泰曾说："如果没有亚斯纳亚·波良纳，俄罗斯就不可能给我这种感觉；如果没有亚斯纳亚·波良纳我可能对祖国有更清醒的认识，但不可能这样热爱它。"托尔斯泰生在这里、葬在这里。托尔斯泰的女儿玛丽娅在父母去世后做主把庄园捐给了国家，苏联政府拨巨款将庄园建成托尔斯泰博物馆。每年有来自世界各地的数百万旅游者来到这里，亲眼见证创作过《安娜·卡列尼娜》《战争与和平》的大文豪生活、写作的地方。

三

在莫斯科，托尔斯泰居住过的老房子，他创作了《复活》的故居，也被完好地保留了下来。在彼得堡，则可以探访到作家们生活、创作、斗争、死亡的地点。莫衣卡河岸普希金简朴的故居，涅瓦大街上的普希金咖啡馆，甚至连普希金决斗的地方也按原样保留了下来。直到今天，在俄罗斯全国各地，都会在每年6月6日普希金的纪念日这一天，举行纪念普希金的活动。冯骥才在俄罗斯的奥廖尔城参加活动期间，恰逢普希金纪念日，在奥廖尔城普希金纪念馆的院子里，人们自发地组织纪念活动，缅怀他的一生，诵读他的作品。对于俄罗斯人来说，普希金是一位诗人，但不仅仅是一位诗人，他是一种伟大的象征，他象征着热爱生活，忠于爱情，对于光明始终不渝的追求。人们从世界各地来到俄罗斯，探寻普希金的足迹，凭吊他的墓地，因为，人们需要这种精神，需要这种象征。

奥廖尔这个城成为名城，也是因为诞生了屠格涅夫、蒲宁等世界知名的伟大作家。在城外的一个小村庄里，诞生了19世纪的一位大诗人——费特，也许中国人不熟悉这个诗人，因为冯骥才的介绍，我们认识了这个诗人。他在奥廖尔时正好赶上"费特节"，人们聚集在埋葬着诗人的教堂周围，奏乐、演说、诵诗。

在他们看来："纪念古典的文学大师，是为了生活更美好。……我们要通过这些方式，使人们知道什么是最重要的，用什么方式生活和怎样生活。"

可以看到，伟大作家的伟大人性影响过历史，也以可见的形式给现实空间和生活打上烙印。作家自己生活过的地方乃至他们的作品中虚构的地点，变成了与其相关的地方文化的组成部分。不远万里探访这些地方，亲眼见证伟大人物的存在，已经成为旅行者重要的生命体验和知识灵感来源。

阅读冯骥才的海外游记，跟随他的脚步神游世界，对于他的非物质文化遗产保护的立场和实践也有了深切的体会。20世纪90年代中期，中国掀起了新一轮的城市改造，在城市边界不断延伸、拆旧造新的浪潮中，历史性的建筑和街区遭到大规模的改造。从那个时期开始，冯骥才投身于抢救文化遗产、保护民间文化，抵抗城市化进程中对于历史建筑和街区的毁灭性改造，他一直在为城市个性的消失深感忧虑。

他在2000年出版的《手下留情：现代都市文化的忧患》中说："近五年来，我十分关注文化上的事。友人们以为，此乃我写作外的一种兼顾。其实不然，我于此中倾注之力，唯有自知。比方，1996年为了挽救津门老城，1997年为了抵制对原租界建筑毁灭性的冲击，1999年为了抢救毁于旦夕的估衣街，一次次组织各界人士进行考察，并大规模地拍摄文化遗存，继而编辑成大型图册。"

冯骥才不是把保护文化遗产、尊重历史的思想停留在纸上，而是付诸实际的行动，尽管个人的呼吁非常微弱，但是也在局部发挥着作用。阅读他的海外游记，我们时时被他问倒：在斯特拉福镇，莎翁出生的老屋、出生的登记册、去世时举行葬礼的小教堂以及他的亲友邻居的老宅，都照原样保留在原地，甚至连狄更斯等人在莎翁故居玻璃窗上的签名也完好地保留了下来。而中国哪里能找到关汉卿、汤显祖？中国两千多年来产生了那么多的大诗人、大思想家，如今在哪里能看到他们的故居？

心情微近中年

郜元宝讲鲁迅《在酒楼上》

一

这是鲁迅第二部短篇小说集《彷徨》的第二篇小说，写于1924年初。

那一年鲁迅四十三岁，已是典型的中年了，而这篇小说整个也确实弥漫着一股中年人才有的彷徨、失落、苦闷、消沉。但这也并非一般所谓中年心态，它带着鲁迅的强烈个性，不止是彷徨、失落、苦闷、消沉，也有对这一切深深的不满，因此始终又透出挣扎和反抗的意味。

这种心态在中年人那里很常见，但也不限于中年，具有某种人类的普遍性。或许，中年处在承先启后的人生阶段，中年人的处境和人生况味，本身就具有某种人类的普遍性吧？

《在酒楼上》可以分四段来欣赏。第一段写第一人称叙述者"我"，从北方旅行到东南部的故乡，住在离故乡三十里的 S 城一个小旅馆里。"我"曾在这 S 城教过一年书，但这次旧地重游，旧日的同事竟然全都离开，连学校的名称和模样也变了，因此很快，"我"就"颇悔此来为多事了"。

但怀旧的冲动并未立即消失。"我"不死心，又想起过去熟悉的一家名叫"一石居"的小酒楼，于是就冒着南方特有的微雪天气，特意跑去一看，不料又大失所望，"从掌柜以至堂倌却已没有一个熟人，我在这一石居中也完全成了生客"。没办法，只好将就在这酒楼坐下来，叫了几碟小菜，姑且独自喝上几杯。

不料从这楼上往下眺望，竟看见在荒废的小花园里，还有几株傲雪的蜡梅，"毫不以深冬为意"；又有一棵山茶树开着红花，"赫赫的在雪中明得如火，愤怒而且傲慢，如蔑视游人的甘心于远行"。此情此景，使独自喝酒的"我"益感寂寥，而且进一步想，无论北方的干雪如何纷飞，南方的柔雪怎样依恋，"于我都没有什么关系了"。

这是《在酒楼上》的第一段，它既是小说，又如诗歌和散文，语言极其潇洒，所传达的却是痛苦的双重局外人的心态：在北国"我"是一个游子，漂泊无根，现在又"独在故乡为异客"。不管在哪里，"我"都是疏离周围环境的局外人。生活还在进行，但那是"我"无法进入的别人的生活。"我"被抛在生活外面，成为

113

一个游离者和旁观者了。

第二段，写"我"正品味着孤独寂寥，忽然来了一个特殊的酒客，就是旧日同窗，也是做教员时的旧同事，名叫吕纬甫。旧友相逢，寒暄过后，便添酒加菜，畅饮一番。"我"在寒暄、畅饮的同时留心观察吕纬甫，发现他行动格外迂缓，没有当年"敏捷精悍"了，但仔细一看，那失了精彩的眼睛里偶尔还会露出青年时代所曾有的"射人的光来"。

这个描写很有意思。如果吕纬甫只是一味颓唐、消沉，也就不会牢骚满腹了，恐怕连跟"我"谈心说话的兴趣都没有。正因为他既颓唐、消沉，又心有不甘，这才是消沉与激昂、颓唐与愤懑相互交织的复杂的中年心态。

二

以上第一、第二两段只是开头，第三段才是小说的主干，但这第三段几乎是吕纬甫一个人说话。吕纬甫滔滔不绝，跟"我"讲了他此番回乡所干的两件事。原来吕纬甫和"我"一样也离开故乡，到处漂泊。他这次回乡，一是奉母亲之命，给死去多年的小弟弟"迁葬"，第二也是奉母亲之命，给过去的邻居、船工长富的女儿阿顺特意送去当地买不到的两朵红色的剪绒花，因为他母亲记得，阿顺姑娘很喜欢这种绒花。

许多读者看《在酒楼上》，都很奇怪，鲁迅为何不顾小说叙述上的忌讳，让人物那样长篇大论，自说自话。何况吕纬甫给弟弟迁坟，给邻居女儿送剪绒花，这两件事似乎也并无什么深意，值得大写特写吗？

鲁迅这样写，其实很巧妙，也很微妙。

确实，这两件事本身并无多大意思，但我们要注意吕纬甫做这两件事时的那种心态。按周作人的说法，给弟弟迁坟，送邻居女儿剪绒花，这在鲁迅都是真实经历，所以说《在酒楼上》是鲁迅的一篇自传性小说。问题是鲁迅通过小说人物吕纬甫写这两段亲身经历，重点不在这两件事，而是通过这两件事，写出吕纬甫那种模模糊糊、敷敷衍衍、凡事无可无不可的颓唐消沉的心境。

一个人，对别的事模模糊糊、敷敷衍衍、无可无不可，倒并不奇怪，奇怪的是像吕纬甫这样反复强调，无论给弟弟迁坟还是给阿顺送花，他都不仅仅是满足母亲的心愿，也是他自己愿意，甚至乐意的。他深爱着弟弟，对那个"眼睛非常大，睫毛也很长，眼白又青得如夜的晴天"的阿顺姑娘，也有过朦胧的爱意，曾经真诚地"祝赞她一生幸福，愿世界为她变好"，可就在做这两件事的全过程，他的心情始终矛盾着，时而认真，时而马虎，时而很热切，时而很冷漠，时而很充实，时而又感到极其空虚。用他自己的话说就是，"无非做了些无聊的事情，等于什么也没有做"。仿佛他做这两件事，完全是为了哄母亲开心，跟自己毫不相干。

吕纬甫之所以这样古怪，这样矛盾，也情有可原。首先当他掘开弟弟的坟墓，发现已经什么也没有了，却仍然不得不照章办事，煞有其事地包了一抔黄土，算是弟弟的骨殖，移到父亲坟墓旁边去安葬。这对母亲是个安慰，但自己亲手办理，就觉得毫无意义。认认真真做着毫无意义的事，如果只是给弟弟迁坟倒也罢了。问题是他由此想到了自己的一生，似乎都是这样子认认真真做着事实证明毫无意义的一些事，这就不免悲从中来。

尤其他拿着红色的剪绒花找阿顺姑娘，进门才知道，阿顺已经非常委屈地病死了，他的一腔柔情落空，更是觉得遭到了极大的讽刺，那种认认真真煞有介事做着无意义之事的感觉又被强化。所以讲完这两件事之后，吕纬甫很诚恳地问"我"："你看我们那时豫想的事可有一件如意？"给弟弟迁坟，给阿顺姑娘送花，这两件事只是他所有的失败的一个小小的代表，问题是他由此扩张开去，想到了人生整个的失败、整个的失意！

吕纬甫当然不是一开始就这样失败、颓废、消沉。

116

叙事者"我"就可以为他做证：他年轻时曾经"连日议论些改革中国的方法以至于打起来"。如此热血青年，而今成了颓唐消沉的中年人，其间肯定经历太多的失败，最后才成为今日的吕纬甫。只不过小说仅仅选取了老友相逢的几个小时而已，更多的故事如藏在水下的冰山。

吕纬甫总结自己一生的失败，有个核心比喻。

他是这么说的：

> 我在少年时，看见蜂子或蝇子停在一个地方，给什么来一吓，即刻飞去了。但是飞了一个小圈子，便又回来停在原地点，便以为这实在很可笑，也可怜。可不料现在我自己也飞回来了，不过绕了一点小圈子。

这也是中年人常有的经验：似乎做了许多事，一转眼又好像什么都没做。不知怎么就不再年轻，不知怎么就突然人到中年，而且很快就要进入老年。好像跑了许多路，最后发现这都是徒然，人生真正的问题几乎一个也没解决，这就好像蜜蜂或苍蝇，绕了一个小圈子，最终还是回到原处，一切归零。

三

那么问题来了，《在酒楼上》自始至终就是两个中年油腻男（或中年 Loser），在抱头痛哭，在比赛着吐槽各自的人生吗？其实不然。这就要说到小说的结尾，也就是第四段。

第四段写"我"听了吕纬甫的长篇大论，并没有跟吕纬甫一样大倒苦水，甚至都没有附和几句，而是很严肃地问吕纬甫："那么，你以后豫备怎么办呢？"这个很现实、很有挑战的问题，就和全篇阴郁低沉的气息大不一样，似乎撕开一道缺口，吹进来清新凉爽的空气！

吕纬甫的回答还是很消沉："我现在什么也不知道，连明天怎样也不知道，连后一分……"但作者没让吕纬甫把话说完，"我"也没再接着说什么，只是帮吕纬甫买了单，然后一同走出店门，就在门口分手，各自朝着相反的方向走去了。

这结尾很有意思。两个离乡的游子在故乡重逢，谈得热火朝天，却戛然而止、痛快分手了，似乎很突兀，其实也很自然。

当吕纬甫滔滔不绝吐槽时代、吐槽社会、吐槽人生时，在一边静静当听众的"我"肯定从吕纬甫身上悲哀地看到了自己。"我"的情况并不比吕纬甫好多少，但"我"比吕纬甫多了一份对自我的省察,"我"知道光吐槽没用,光沉溺于一己的悲欢也没用,重要的是"以后豫备怎么办"。

人可以无聊,可以寂寞,可以悲哀,甚至可以享受自己的无聊,欣赏自己的寂寞,怜爱自己的悲哀,但生命不能就这样无声无息地走向终点,生命不能被无聊、寂寞和悲哀压垮,生命应该有它更加美好的明天。

或许正是基于这一点,所以"我"一见吕纬甫,几乎本能地"很以为奇,接着便有些悲伤,而且不快了"。这稀奇、悲伤和不快是针对吕纬甫,也是针对"我"自己,因为吕纬甫犹如一面镜子,让"我"看到了自己的真相,也明白自己不能就这样沉沦下去,必须有所挣扎,有所奋斗。不同于吕纬甫,"我"是一个尚未放弃,可能也尚未完全失败的失意之人。"我"想冲出这消沉的陷阱,给自己争取一片新天地。所以"我"独自走向下榻的旅馆,走在扑面而来的寒风飘雪之中,反而觉得很"爽快",就像小说开始,"我"看到几株斗雪开放的蜡梅,"毫不以深冬为意",而山茶树的红花,"赫赫的在雪中明得如火,愤怒而且傲慢"!

所以说,《在酒楼上》固然写了中年心态,但仍然显示了鲁迅的强烈个性。它不完全是落寞、空虚、寂寥、颓唐,还有不肯服输的对于命运的抗争、对于未来的希冀。如果说这也是一种中年心态,那它应该是虽然失望但并未绝望，虽然跌倒但还可以再次站立，虽然受过伤却基本健康的中年心态吧？

　　我们读《在酒楼上》，最要紧的就是要始终把握住作者通过第一人称"我"传达出来的这样一种基本心态或者说主导的情绪。

"孤独"是怎样炼成的（上）

郜元宝讲鲁迅《孤独者》

一

鲁迅的《孤独者》是一篇专门描写知识分子性格与命运的小说。

小说主人公魏连殳的故事很简单，他正是鲁迅所谓"从小康人家而坠入困顿的"。魏家先前境况不错，但魏连殳父母死后，只剩下他跟很早就守寡的老祖母相依为命，后来甚至只能靠祖母做针线活来维持生计。

在祖母操持下（大概总还有一点家底吧），魏连殳进了洋学堂，毕业后在离家一百多里的S城中学当历史教员，因为平时爱写文章，"发些没有顾忌的议论"，触犯了S城的人，被校长辞退，丢掉饭碗。穷困潦倒、走投无路之际，他只好放弃原则，做了军阀杜师长的顾问。

从世俗眼光看，他获得了再度风光。但在他自己，这毕竟是违心之举，必须整天做不愿做的事，跟心里不喜欢的各色人等虚与委蛇，还要不断忍受内心的谴责。这就造成极大的精神痛苦，因此很快就生病去世了。

正如小说题目所示，魏连殳的痛苦，主要就是"孤独"。这具体表现在几个方面。

首先，是魏连殳跟"故乡"的关系。他的故乡"寒石山"是封闭落后的山村。小说的时间背景是20世纪20年代，"寒石山却连小学也没有"，"全山村中，只有连殳是出外游学的学生。所以从村人看来，他确是一个异类"。所谓"异类"，意思是说魏连殳属于"'吃洋教'的'新党'"，这是用来骂那些不参加科举考试而去"学洋务"的人，大家认为这些都"是一种走投无路的人，只得将灵魂卖给鬼子，要加倍的奚落而且排斥的"。

在辛亥革命前，阿Q骂他们"假洋鬼子"，"也叫作'里通外国的人'"，一向"深恶而痛绝之"。在《祝福》中，鲁四老爷对这样的"新党"，哪怕是本家侄儿，也要当面指桑骂槐地加以斥责，所谓"一见面是寒暄，寒暄之后说我'胖了'，说我'胖了'之后即大骂其新党"。这也就是寒石山村民对魏连殳的态度。但他们又"妒羡"魏连殳，"说他挣得许多钱"，就像《故乡》中豆腐西施编派"我"："有三房姨太太；出门便是八抬大轿，还说不阔？"

从小说开头这段似乎不经意的叙述可以看出，魏连殳和寒石山村民差不多已经势不两立、不共戴天了。

小说接着写魏连殳从S城回家，给老祖母办丧事。本家亲戚们抬出一大堆旧规矩，逼他就范。他们原以为魏连殳既是"'吃洋教'的'新党'"，肯定不从，"两面的争斗，大约总要开始的，或者还会酿成一种出人意外的奇观"。不料连殳只冷冷地说了四个字"都可以的"，一切照办了。这就令主事的和围观者们大感意外。

一般认为，这个细节是说新派人物魏连殳并不像寒石山村民想象的那样，完全抛弃了旧的文化习俗。旧文化旧习俗许多内容，新文化都能包容。说新文化不认祖宗成法，那是对新文化的污名化和妖魔化。

这样解释也有道理，但小说重心并不在此。作者通过这个细节，其实是想表现魏连殳在精神上与故乡的隔膜与对立。相依为命的祖母一旦过世，他跟故乡唯一的精神纽带更是彻底断绝。他的肉身虽回到故乡，精神上却是一个局外人，无可无不可，随人摆布也无所谓。祖母死后，魏连殳跟故乡再无实质性联系，一次也没有回去过。当堂兄为了霸占他的旧宅，假惺惺地要把侄儿过继给他时，他避之唯恐不及，甚至觉得这一大一小"都不像人"！

所有这些，都可以看出他对故乡的决绝态度。祖母一死，魏连殳终于彻底告别了对他极不友善的故乡，成了一个精神上没有故乡的人。这是造成他孤独的第一个原因，也是他的孤独的第一种表现，即不再有精神上的故乡，不会像《故乡》中的"我"，不时地想起"我的美丽的故乡"。

二

失去精神上的故乡的这种孤独，并非魏连殳一人所有，乃是现代中国知识分子普遍的状态。《故乡》中的"我"最终也失去了原本常存于心中的"美丽的故乡"。但魏连殳的孤独还有一项特殊内容，那就是他对唯一的亲人老祖母既深深依恋又始终感到隔膜的矛盾心理。

魏连殳很早就父母双亡。父亲去世后，本家亲戚们合伙抢夺他的房产，还逼小小年纪的他在字据上画押，弄得他大哭不止。所以，魏连殳自幼就是被家庭和家族抛弃的孤儿。他跟唯一的亲人老祖母相依为命，其情形很像由蜀汉入西晋的李密在《陈情表》中所描述的，"臣无祖母，无以至今日。祖母无臣，无以终余年"。

但两相比较，你就可以看出，魏连殳更惨。李密后来毕竟成家立业，儿女成行，魏连殳则终身未娶，当然更无子息，真正是李密所谓"茕茕孑立,形影相吊"。

再说李密的祖母是亲生的，魏连殳的祖母却是祖父的续弦，父亲的继母。李密只提到他的祖母年迈多病，没说精神上有什么问题。魏连殳的祖母却因为不是祖父的原配，又未生养一男半女，而且很早守寡，所以她在魏家的地位极其尴尬，差不多等于一个用人。她活在魏家唯一的理由，就是把并非亲生的小孙子拉扯成人。

这种生活养成了祖母极端沉默而孤僻的性格，时刻提防着周围一切人，不肯多说一句话，"终日终年的做针线，机器似的"。她当然爱魏连殳这个从小一手带大的孙子，却不知道如何表达她的爱，"无论我怎样高兴地在她面前玩笑，叫她，也不能引她欢笑，常使我觉得冷冷地，和别人的祖母们有些不同"。魏连殳也爱祖母，却总觉得缺乏交流，彼此有一种说不出来的隔膜。他固然一领薪水就立即寄给祖母，"一日也不拖延"，但祖孙二人还是有一道无法逾越的鸿沟。实际上，魏连殳"从略知世事起，就的确逐渐和她疏远起来了"。

小说中的"我"批评魏连殳，不应该"亲手造了独头茧，将自己裹在里面"。魏连殳并不否认这一点。但他说，躲在"独头茧"里不跟人交流的，并非他一个。祖母一辈子就是"亲手造成孤独，又放在嘴里去咀嚼的人"。祖母首先就是不折不扣的孤独者。唯一的亲人尚且如此，由这样的亲人一手拉扯大的魏连殳，怎能不也是一个孤独者呢？

换言之，魏连殳最早竟是从他这位并无血缘关系的祖母身上感染了人生在世那种深深的孤独。用他自己的话说，"我虽然没有分得她的血液，却也许会继承她的运命"。这就不奇怪，小说为何要浓墨重彩地描写，在祖母大殓快要结束时，当着本家亲戚们的面始终不肯掉一滴泪的魏连殳，竟会突然号啕大哭——

> 忽然，他流下泪来了，接着就失声，立刻又变成长嚎，像一匹受伤的狼，当深夜在旷野中嗥叫，惨伤里夹杂着愤怒和悲哀。这模样，是老例上所没有的，先前也未曾豫防到，大家都手足无措了，迟疑了一会，就有几个人上前去劝止他，愈去愈多，终于挤成一大堆。但他却只是兀坐着号啕，铁塔似的动也不动。大家又只得无趣地散开；他哭着，哭着，约有半点钟，这才突然停了下来……

对于这次看似反常的痛哭流涕，魏连殳自己的解释是："我早已豫先一起哭过了。"意思是说，既然老祖母跟他一样都是孤独者，那他就不妨在哭老祖母时，顺便也为自己将来同样孤独的死"豫先"哭一场，反正到他死的时候，不会有谁再来为他而哭了。

魏连殳和老祖母，是精神上有"遗传"关系的两代孤独者。鲁迅这样描写祖孙二人的关系，跟李密《陈

126

情表》有很大的不同。可以说，鲁迅对孤独者的痛苦的描写，远远超过了李密。

　　这就是现代文学的魅力所在。谁说现代文学就一定不如古代文学呢？

"孤独"是怎样炼成的（下）

郜元宝讲鲁迅《孤独者》

一

失去精神上的故乡，跟唯一的亲人又有说不出的隔膜和疏远，这是造成魏连殳一生孤独的心理基础。而将魏连殳的孤独进一步加以强化的，则是他后来在社会上的遭遇。具体来说，就是在小说描写的那个 S 城的生活，最后将魏连殳的孤独推向了极致。

鲁迅的小说和杂文中，经常出现"S 城"。大家知道，这是以鲁迅故乡绍兴拼音的首字母来取名的，但鲁迅就是不肯点明"S 城"是绍兴。在杂文《论照相之类》中，鲁迅还故意说："所谓 S 城者，我不说他的真名字，何以不说之故，也不说。"其实，"不说"的理由，鲁迅在别处还是有解释的，就是他不想把文学作品写得太"专化"，而想让读者可以"活用"（《答〈戏〉周刊编者信》）。

"S 城"的原型或许是绍兴，可一旦写进杂文和小说，就具有某种普遍意义，不再局限于真实生活中的绍兴这一个地方了。小说《孤独者》是想将魏连殳工作的S城写成当时中国社会一个缩影的。

如前所述，魏连殳并不满足于仅仅在S城中学担任历史教员，他经常写文章，"发些关于社会和历史的议论"。魏连殳的议论跟他平时说话一样，"往往颇奇警"，即独特而深刻，而且"没有顾忌"，比如"常说家庭应该破坏"。这就容易触犯众怒，被视为"异类"，陷入孤独。为什么？因为"S城人最不愿意有人发些没有顾忌的议论，一有，一定要暗暗地来盯他，这是向来如此的"。所以，魏连殳是满腔热忱，关心社会，却不被社会理解，以至于到处碰壁。魏连殳在S城的坎坷命运，就是这样被注定了的。

魏连殳当然知道这些，他有时也掩盖一下自己的热心。但江山易改，本性难移，经常又忍不住流露出来，所以他"对人总是爱理不理的，却常喜欢管别人的闲事"。这种忽冷忽热的古怪脾气，令不熟悉他的人望而生畏；而他一旦被人摸清了底细，又很容易上当受骗。

比如魏连殳的那班似乎很能谈得来的青年朋友，就都是摸清了魏连殳的底细，摸透了魏连殳的脾气，跑到他这里来混吃混喝的。这些年轻人也算是受到五四新文化的熏陶，身上不免都带有一些新文化的气息。比如他们因为读过郁达夫的小说《沉沦》，就自命为"不幸的青年"或"零余者"，喜欢"螃蟹一般懒散而骄傲地堆在大椅子上，一面唉声叹气，一面皱着眉头吸烟"。

　　鲁迅这样写，当然不是嘲笑郁达夫和他的小说集《沉沦》。《沉沦》1921年出版，1922年鲁迅二弟周作人就发表了评论文章，驳斥了社会上对《沉沦》的攻击，高度肯定《沉沦》的成就。文章出自周作人之手，某种意义上也代表了鲁迅的意见。《孤独者》写于1925年10月，鲁迅1923年2月就在北京家中与郁达夫见了面，两人从此一直保持亲密的关系。小说《孤独者》这样提到《沉沦》，主要是看不惯用《沉沦》做幌子装模作样的文艺青年，他们只是感受到新文化的一点皮毛，对魏连殳这样的新文化第一代倡导者和实践者，并无真正的理解和同情。即便如此，魏连殳对这些青年人还是十分喜爱，一直待若上宾，从来不觉得厌烦。

　　然而等到魏连殳被中学辞退，一向不注意积蓄的他生活窘迫起来之后，昔日那些围着他打转的"忧郁慷慨的青年，怀才不遇的奇士"，顿时跑得无影无踪。魏连殳过去总是高朋满座的客厅，后来就变成没有人光顾的"冬天的公园"了。

　　这是写魏连殳在"新青年"中感到的孤独。

　　小说还花了不少笔墨，写魏连殳虽然自己没孩子，却非常喜欢房东家"四个男女孩子"。在叙述者"我"

看来，这些孩子"大的八九岁，小的四五岁，手脸和衣服都很脏，而且丑得可以"。不仅如此，他们还"总是互相争吵，打翻碗碟，硬讨点心，乱得人头昏。但连殳一见他们，却再不像平时那样的冷冷的了，看得比自己的性命还宝贵"。只要有他们在，魏连殳的眼睛里就"即刻发出欢喜的光来"。

他还耐心地开导对孩子的天性有所怀疑的"我"，说"孩子总是好的。他们全是天真"，"大人的坏脾气，在孩子们是没有的。后来的坏，如你平日所攻击的坏，那是环境教坏的。原来却并不坏，天真……我以为中国的可以希望，只在这一点"。可见这不仅仅是"救救孩子"的思想，也是魏连殳热爱中国、希望它好起来的一份真挚的情感。因为"我"不肯被他说服，继续怀疑孩子的天性，魏连殳甚至"气忿"了，三个多月不再理"我"。

结果可想而知，给他造成伤害、带来失望的，往往就是他所敬重的青年和他所宝贝的孩子。离开这些青年和孩子,他只能又躲进那可怕的"独头茧"里去了。

二

当然最令他痛苦，令他彻底陷入孤独和自我封闭的，还是他最后因生活所逼，放弃原则，向社会屈服，做了军阀杜师长的顾问。用他自己的话说，"我已经真的失败，——然而我胜利了"。"胜利"是从世俗角度说的，"失败"是对照自己一直坚持的做人准则说的。这种矛盾和痛苦，他无人可以诉说，因为每天与之周旋的只是那些"新的宾客，新的馈赠，新的颂扬，新的钻营，新的磕头和打拱，新的打牌和猜拳，新的冷眼和恶心，新的失眠和吐血"。他在这样的热闹中倍感孤独，千言万语，只能闷在肚子里，一个人慢慢消化。

魏连殳在给"我"的信中还提到一个神秘的人。他说："愿意我活几天的，自己就活不下去。这人已被敌人诱杀了。"这个人是谁？小说一笔带过，此外没有任何交代。

也许，这就是魏连殳的祖母。但小说明明写道，魏连殳祖母是得了痢疾而老死的，而且"享寿也不小了"，谈不上"活不下去"，更谈不上什么"被敌人诱杀了"。

也许，这是魏连殳未出场的异性爱人，魏连殳就为了她而终生未娶。

也许，是号称要给魏连殳找工作却一直没有结果的"我"。在魏连殳看来，"我"出于同情，愿他多活几天，但他怀疑"我"和他"究竟不是一路的"，"我"迟早也会跟这个社会同流合污，这在他眼里也就等于死了，是被"无主名无意识的杀人团"谋杀的，正如他自己

132

一样。

但这些都是推测。

这个神秘的人是谁不重要，我们知道他或她是魏连殳唯一挂念的人就够了。这人一"死"，魏连殳就觉得可以不必再为理想而活了。从今往后，他活着不是为了所爱，倒是为了所憎，"偏要为不愿意我活下去的人们而活下去"。

联系鲁迅自己在《坟·题记》中类似的表述，魏连殳这句话的意思并不难理解——

> 我的可恶有时自己也觉得，即如我的戒酒，吃鱼肝油，以望延长我的生命，倒不尽是为了我的爱人，大大半乃是为了我的敌人，——给他们说得体面一点，就是敌人罢——要在他的好世界上多留一些缺陷。

魏连殳活到这个份上，当然不是他所愿意的。他做杜师长顾问，也并没有跟他们沆瀣一气，为非作歹，但他那忽冷忽热的脾气确实更加古怪了。古怪的魏连殳不会伤害别人，更不会像鲁迅翻译的俄国作家阿尔志跋绥夫笔下的"工人绥惠略夫"，因为爱人，结果却变成憎恶一切人，疯狂地报复全社会。魏连殳没有变成向一切人开枪扫射的"工人绥惠略夫"，他只是在孤独的煎熬中，暗暗地伤害他自己。

鲁迅在杂文《忆韦素园君》中说："认真会是人的致命伤的么？至少，在那时以至现在，可以是的。一认真，便容易趋于激烈，发扬则送掉自己的命，沉静着，又啮碎了自己的心。"魏连殳的死，就是一个"认真"的孤独者慢慢"啮碎了自己的心"的结果。

三

鲁迅是中国现代小说之父，他率先用现代白话文创作了一大批取材于现实生活的小说，开创了中国现代小说两大传统，即乡土小说和知识分子小说。

鲁迅之后，乡土小说一直很发达。写知识分子的小说也有不少，但影响力相对就小多了。鲁迅乡土小说的影响力，就远远超过他描写新派知识分子的小说。知道阿Q、祥林嫂的读者，肯定超过知道涓生、子君的读者。

这是因为农民形象比较大众，知识分子形象比较小众，所以表面看来，农民形象的数量与质量都超过知识分子，其实不然。知识分子作家能把农民写得丰满逼真，难道写自己偏偏就不行了？当然不会。只要稍稍研究一下鲁迅笔下魏连殳这个人物的性格、心理和命运轨迹，我们就可以晓得，现当代作家塑造知识分子形象所达到的思想艺术的高度，决不能被低估。

因此，我们透过小说来认识现代中国，就不能只看大众化的农民形象，也要看小众化的知识分子形象。大众化的农民形象固然含义深广，但小众化的知识分子形象若写得好，透过他们，我们也能解开现代中国一些重要的精神密码。

"狂人"的惧怕和焦虑来自哪里

陈晓兰讲鲁迅《狂人日记》

一

《狂人日记》发表于 1918 年。小说前面有一段文言文的题序，交代这本《狂人日记》的来源。叙事者说自己有两个同学，其中一个患了疯病，有一次他回乡还特地绕道去探望，病人的哥哥说，弟弟的病已经好了，而且到某地去"候补"了——意思是去做官了。这个题序是很有意思的：社会上少了一个狂人，多了一个官员。

有学者认为，鲁迅的《狂人日记》受过俄国作家果戈理《狂人日记》的影响。我们知道，鲁迅是非常喜欢俄国文学的，他曾经也翻译过俄国作家的作品。不过，鲁迅的《狂人日记》与果戈理的《狂人日记》有根本的不同。为了更好地理解鲁迅的《狂人日记》，我们可以先了解一下果戈理的《狂人日记》。

果戈理《狂人日记》中的主人公，是某行政机关的一个部门里最低等的文官——大概是十二等。也就是说，在整个权力结构中，处于最底层。他的工作就是坐在部长的办公室里，给部长削鹅毛笔，拿最低的薪水，任何高他一级的上司都可以向他发号施令。他的科长，是一个七等文官，总是绷起一张阴沉的脸，批评他的工作没做好，对他大发脾气，甚至骂他是个窝囊废，一个钱也没有。按照主人公的逻辑，他认为一定是科长嫉妒他坐在部长的办公室里削笔，才这样对待他的。要不是为了一点点俸禄，他是绝对不会去部里的。

主人公对于自己的处境愤愤不平，他想："我难道是个平民，是个裁缝，或者是个下士的后代吗？"在他的观念里，这些人是可以这样被对待的。"我是一位贵族哪。我会步步高升上去的。……我会做到上校的，也许，天帮忙，官还会做得大些，名气还会比你响些。……那时候，你要做我的鞋底都不配呢。"长期在这样的环境里工作，精神本来就不正常，后来，这个小科员完全发了疯，把自己当作西班牙皇帝，结果被关进疯人院，人们用棍子抽打他，用冷水浇他的头。他被折磨得死去活来，他呼喊："妈呀，救救你可怜的孩子吧！把眼泪滴在他热病的头上！瞧他们是怎样折磨他啊！把可怜的孤儿搂在你的怀里吧！这世上没有他安身的地方！大家迫害他！妈呀！可怜可怜患病的孩子吧！……"

鲁迅的《狂人日记》最后也发出"救救孩子"的呼声，而这里的孩子是"真的人"，是"没有吃过人的"，救他们，是为了让他们将来不要吃人。

鲁迅的《狂人日记》中的狂人是个怎样的人？他是不是真的发狂？又是为什么发狂？

与果戈理一样，鲁迅也通过一个人与周围世界的关系，揭示一个人发狂的原因。与果戈理笔下的狂人根本不同的是，鲁迅的《狂人日记》中的主人公，与周围的世界格格不入，而且他自己对这种不同有清醒的认识，又因为意识到自己的与众不同，害怕被周围的人消灭，因此，处于恐惧和焦虑中。

二

小说中，狂人的疯狂体验最主要的表现为对自己处境的恐惧。他强烈地意识到自己所生存的环境的危险，惧怕周围的人，惧怕与己无关的小孩子、路上的人、来给他看病的医生、自己的兄弟和母亲，甚至邻居家的狗、天上的月亮。他把自己与任何他人他物的关系看作一种威胁，感到无依无靠，不论被看、被关爱都会引起他的怀疑和恐惧，认为遭到周围所有人的厌恶、算计、痛恨，即使他们的安慰也不怀好意。这种症状，在心理学上，称作被迫害妄想症。

狂人眼中的世界是一个统一的世界，包围他的众人，人人是一样的脸色、一样的眼光，有着共同的企图，说着同样的话，干同样的事，甚至他们的心态都是相同的。他们有着吃人的传统，有着吃人的历史，他们今天还在"吃人"。

这是一个邪恶的世界，残忍而虚伪。他厌恨这些人。他害怕自己像母亲、父亲或周围的人一样。

但是，最后，狂人的逻辑推理告诉自己，他也是这大众中的一员；他原来以为自己没吃过人，也痛恨吃人，现在发现自己也吃过人：

> 四千年来时时吃人的地方，今天才明白，我也在其中混了多年；大哥正管着家务，妹子恰恰死了，他未必不和在饭菜里，暗暗给我们吃。我未必无意之中，不吃了我妹子的几片肉，现在也轮到我自己，……有了四千年吃人履历的我，当初虽然不知道，现在明白，难见真的人！

这一发现，表明狂人认识到自己与他所批判的众人是一样的，他其实无法脱离他所批判的那个世界的历史、文化、习俗。

他终于明白自己并非那独异于吃人大众的"真的人"。认识到这一点，也就意味着精神病患者个人独特的体验与外部世界的经验不再分裂。

而个人与外部世界的经验共享与统一，正是"正常人"的标志。

狂人最终融入外部世界，并被同化，他自我的独异感、恐惧感也就消失了，他的狂病也就治愈了，于是，他的社会里便不再有"狂人"，不再有反抗"吃人"的社会的人，而将多一个官员。

因此，《狂人日记》表现的不仅是狂人的疯狂体验，更主要的是表现了一个狂人"被治愈"，也即"被消灭"的历程。

《狂人日记》所表现的狂人"被吞灭"的焦虑和恐惧是双重的。

一方面来自狂人，一个精神分裂症患者的疯狂体验和狂想：他害怕自己被吃掉，被消灭。

另一方面则来自鲁迅，他正是通过狂人的"治愈"，表现了那类具有先知特征的"狂人"，如何通过激烈、紧张的自我分析和斗争，最终寻找到个人与大众之间的统一性，变成大众世界里的"正常人"，消融于大众群体，成为无物之阵中的一个原子。

狂人的治愈是一种自我治愈的过程，狂人的消失也是独特的个体和自我的消失。这正是鲁迅自己所深刻忧虑的。

<h1 style="text-align:center">三</h1>

鲁迅让我们思考:谁才是真正的疯子?是那些"吃人"的人,还是害怕被吃人的社会吃掉的人?什么是正常?什么是反常?

20世纪文学史上,鲁迅是开创疯狂主题的主要作家,在他之后许多表现疯狂与非理性主题的作品,如萧红《呼兰河传》、曹禺《原野》等,表现出与鲁迅的一脉相承之处,即独异的、犯禁忌的个体与周围环境的对立与冲突。狂人、疯子是与众不同的人,是叛逆的个体。他们与周围环境格格不入,他们自觉地与糟糕的外部环境相对抗。这些狂人、疯子,具有独特、怪异的特性,不受礼教约束、背离大众习俗和伦理常规,而得到作者的肯定和同情,但他们最终逃脱不了被消灭的命运。

鲁迅后来以疯子或狂人为主人公的小说,如《长明灯》和《白光》,可以把它们看作是对《狂人日记》的进一步解释。《狂人日记》表现的是狂人眼里的世界——吃人的世界,吞灭其中的异己者。《长明灯》表现的是众人眼中的疯子,小说围绕着吉光屯如何对付一个试图吹熄长明灯的"疯子"而展开,长明灯从梁武帝时就点着了，现在突然有一个人站出来说"熄掉它吧"，这个人就是一个疯子。小说中的这个"疯子"是沉默的、无力的，他唯一说的话就是"熄掉他罢"，"我要吹熄它"，"我放火"。这成为他疯狂的标志，人们把他看作疯子，村里的一大害，想着法子要除掉他。

他们说："这样的东西，打死了就完了"，"真是拖累煞人"，"这种子孙，真该死呵"，"去年，连各庄就打死一个：这种子孙。大家一口咬定，说是同时同刻，大家一齐动手，分不出打第一下的是谁，后来什么事也没有"。

连小孩子也围观"疯子"，往他头上扔稻草。

最后人们决定将疯子关在庙里带粗木栅栏的空房里，决计是打不开的。于是天下太平，人们也不再紧张，长明灯依然照着神殿、神龛，也照着关闭"疯子"的昏暗的木栅。

这篇小说批判众人对反叛者、异己者的恐惧、排斥与迫害，揭示了这些异己者所生活的世界有多么残忍、无情。

与《狂人日记》和《长明灯》不同，小说《白光》中的陈士成，由于十六次连续参加科举考试不中，终于发疯。说明一个人生活在一种既定的秩序中，就会竭尽全力进入这个秩序，想在这里占一个位子，但却无法进入，最终精神分裂，走向死亡。

142

不论被社会制度、文化惯性所驯化，还是被大众排斥、囚禁、迫害，或者是自绝人世，都是在揭示不同的个体被吞噬的命运。鲁迅的小说预言了在一个排斥异己的社会中，独特的个体发狂、发疯并消亡的必然性。

"被吞没焦虑"是鲁迅小说中狂人及疯子的精神病根源，也是鲁迅对疯狂体验的独特解释和表现。在鲁迅的小说中，狂人、疯子以及那些与众不同者，常常处于无法摆脱的险恶环境中，遭迫害，受惩罚，被关押、被殴打、被分割、被吃、被埋葬，最终消亡。与此相关的内封闭的空间，如监狱、铁屋子、栅栏、坟墓，时常出现在鲁迅的小说中。在铁屋子呐喊的人，即那些清醒者、先知先觉者，他们是孤独怪异的个人，是知情者和预言者，同时也是狂人与疯子，鲁迅时刻忧虑他们被外部世界或消灭或同化。

正如法国当代哲学家福柯所说："理性对于非理性的征服并不是什么胜利，那不过是另一种形式的疯癫。"

"自我暴露"的冲动与节制

郜元宝讲郁达夫《沉沦》

一

文学史上提到《沉沦》,既指郁达夫的短篇《沉沦》,也指收录《沉沦》的同名短篇小说集《沉沦》——后者出版于1921年,是中国现代第一部短篇小说集,其中除了《沉沦》,还有一篇自序和另外两个短篇《南迁》《银灰色的死》。

我们讲短篇《沉沦》,也会涉及同名的小说集《沉沦》,因为短篇《沉沦》和另外两篇《南迁》《银灰色的死》属于同一系列,创作时间接近(都写于1920—1921年),背景都是20世纪初中国留学生在日本的生活,主人公情况基本相同,故事主要也都发生于1920年,主题更高度一致——都是描写中国青年留学生的精神苦闷。

中国读者一见"沉沦"这两个字,可能马上会想到某某人在道德上犯罪堕落,但郁达夫在寄给周作人的明信片上给这篇小说起的英文名字是drowned,本义是落水没顶或做生意血本无归，引申比喻困顿悲惨的生活与精神状况，并非说一个人道德上的犯罪堕落。

《沉沦》的某些描写，确实容易被神经过敏的读者归入"不道德的文学"范畴。比如主人公"他"，一个留学日本的中国青年，因渴望异性的抚慰而不得，忍不住一遍又一遍自慰，还不自觉地偷看房东女儿洗澡，偷听情侣在野外亲热。《南迁》的主人公"伊人"（男性）也曾被房东的养女勾引，后来发现这位女子竟同时跟另一个男人有染，就深感羞辱和受伤，愤然离去。至于描写男主人公对女性的好奇、渴慕、单相思，更比比皆是。

对这个问题，周作人1922年3月发表的《沉沦》评论有一定的权威性。周作人令人信服地阐明，郁达夫大胆、真诚、直率的自我暴露，确实触犯了虚伪的道德。在这意义上，你可以说《沉沦》是"反道德"，即违反旧的保守虚伪的道德观，但它并非"不道德的文学"，而是"受戒者的文学"（literature for the initiated）。

英文"受戒者"，initiated，是指通过某种正规仪式（比如"成人礼"）宣布青年男女正式进入社交界，可以合法地接触异性。"受戒者的文学"也译为"成长小说"。它当然有适宜的人群，正如周作人所说，已经有正常性接触与性生活的成人阅读"成长小说"是有益的，"但是对于正需要性的教育的'儿童'们却是极不合适的。还有那些不知道人生的严肃的人们也没有诵读的资格，他们会把阿片去当饭吃的"。换言之，经历了青春期性苦闷的青年和心理健康的成年人都可以从容欣赏《沉沦》，但儿童绝对不宜，此外淫者见淫、心理不健康的假道学和伪君子，也没有资格读《沉沦》。

周作人说得有点严重。其实收入小说集《沉沦》的三篇小说，所谓大胆、真诚、直率的性意识与性行为的描写，还是委婉节制的，不仅比不上古代和现当代的许多同类作品，就是和郁达夫本人后来的某些小说如《迷羊》《茫茫夜》《她是一个弱女子》等相比，也是小巫见大巫。但《沉沦》出版于1921年10月，作为新文学第一本短篇小说集，其正负两面的影响力可想而知，郁达夫承受的攻击和压力也可想而知。

正因为如此，他才向当时还并不认识的北大教授、著名学者周作人求助，请他为《沉沦》写评论，以正视听。

也正是因为周作人这篇评论，才开启了郁达夫和周氏兄弟数十年如一日的深厚友谊。

二

除了上述青春期的性心理、性意识、性苦闷和某些试探性的性行为，《沉沦》还写了许多别的内容，都可以归结为青年人在成长过程中通常总会遭遇的困顿。

比如精神上过度敏感，总怀疑别人在议论他，在对他有所不利。爱慕异性，又不敢表白，闷在心里，形成种种奇奇怪怪的想象与猜疑，因此还特别容易引起自卑和嫉妒的心理，觉得自己看中的异性看不上自己，却看上别人。又像林黛玉一样，非常容易伤感。《沉沦》中的"他"也知道自己是"sentimental, too sentimental"了，动不动就迎风洒泪，对月伤怀。一篇《沉沦》，男主人公"他"先后正经八百地便哭过七八次！再比如过度自恋，总觉得别人看不到自己的美好与高贵。当然，这过度自恋也是过度自卑的一体两面。

还有就是一有风吹草动，就神经质地反应过度，有一种夸大狂的倾向。这种倾向对内，就是他关注自己，想自己想得太多，总怀疑自己得了这样那样的病，像忧郁症啊、怀乡病啊、神经衰弱啊、肺结核啊，不一而足。最妙的是，他还怀疑自己得了"疑病症"（hypochondria），就是一个劲儿地怀疑自己得了这病那病！

反应过度和夸大狂倾向，对外就是动辄将一点小事无限拔高。比如要么极度推崇和爱慕一个人，要么极度贬低和仇恨一个人，还很容易将这种对具体人和事的态度，提升到阶级、国家和宗教的层面。比如跟一个人不和，动辄宣称这是阶级与阶级之间的斗争。

身在日本的环境里，就更容易演化成国与国、民族与民族乃至不同宗教信仰之间的冲突。

其中最经典的，就是《沉沦》的结尾。男主人公明明是性冲动得不到满足，渴求异性的抚慰而不得，却硬说是因为祖国不够强大，以至于让自己饱受这种种的磨难。所以当他决定跳海自杀时，竟然站在海边，长叹一声，断断续续地说——

"祖国呀祖国！我的死是你害我的！""你快富起来，强起来吧！""你还有许多儿女在那里受苦呢！"

用今天的话说，这真是唱的哪一出呢？

三

你也许要说，郁达夫《沉沦》名气那么大，怎么就被说得这么简单呢？

确实，《沉沦》的主人公对自己思想情感的大胆暴露，就是这样单纯到了简单的地步。但我们不要小看这种单纯和简单，这正是它的好处所在。

郭沫若对郁达夫这一点的评价很中肯，他说："他（郁达夫）那大胆的自我暴露，对于深藏在千年万年的背甲里面的士大夫的虚伪，完全是一种暴风雨式的闪击，把一些假道学假才子们震惊得至于狂怒了。为什么？就因为有这样露骨的真率，使他们感受着作假的困难。"

关于郁达夫的"自我暴露"，需要做一点补充说明。

我们都知道郁达夫赞同法国作家法朗士的观点，认为"一切小说都是作者的自叙传"，许多人因此都认为，完全有理由把《沉沦》的三个男主人公等同于郁达夫。

不错，这三个人在许多地方确实很像郁达夫，但我们也不要忘记，这三部小说有一个共同点，就是都采取第三人称叙述。小说始终不说第一人称"我"如何如何，而是说第三人称"他"如何如何。这样一来，《沉沦》的"自我暴露"，就既是偏向主观的心理倾诉，同时也是立足客观的冷静反省。郁达夫并没有将自己完全等同于笔下人物。他对这些人物固然有充分的同情，但他更高居于这些人物之上，对他们的心理言行给予冷静客观的剖析。比如《沉沦》男主人公"他"跟他国内的哥哥写信吵架，小说有一段就这样写道：

　　自家的弟兄尚且如此，何况他人呢！
　　他每达到这一个结论的时候，必尽把他长兄待他苛刻的事情，细细回想出来。把各种过去的事迹列举出来之后，就把他长兄判决是一个恶人，他自家是一个善人。他又把自家的好处列举出来，把他所受的苦处夸大地细数起来。他证明得自家是一个世界上最苦的人的时候，他的眼泪就同瀑布似的流下来。

你看，这是多么客观、多么冷静的刻画与剖析，完全不是封闭的自顾自说。

正因为郁达夫的"自我暴露"既有对笔下人物充分的同情，又有冷静的观照，既入乎其内，又出乎其外，所以他的小说感染力才非同一般。这一点必须特别加以说明，否则我们可能以为，郁达夫一旦"自我暴露"起来，就完全失控，完全陷入冲动狂热的自我宣泄。其实并非如此。

最悲的悲剧，充满了无耻的笑声

孙洁讲老舍《茶馆》

一

《茶馆》1957年7月发表于《收获》创刊号，后经过两次修改在1959年9月收入《老舍剧作选》时定稿。它以掌柜王利发的视角，通过三个时代的横切面描绘裕泰大茶馆的人来人往，展示了从戊戌变法到20世纪40年代半个世纪的中国社会风云。

《茶馆》第一幕，王利发是个年轻气盛、踌躇满志的掌柜，虽然大清朝气数已尽，裕泰大茶馆却是一派热闹红火，欣欣向荣。经过第一幕清廷没落的惶恐岁月、第二幕军阀混战的混乱年景，到第三幕，抗战虽然胜利，民生却日益凋敝，裕泰大茶馆成为衰朽的民国政府的一个具体而微的缩影，王利发也成为一个垂垂老者，被各种恶势力压榨得无法喘息，终于用一根上吊绳结束了自己的生命。

满族人常四爷、松二爷，怀着实业救国之心的秦二爷是王利发的朋友，他们在时代的驱策中，沿着各自命运的轨迹，走向各自的悲剧命运。

刘麻子、二德子、唐铁嘴、吴祥子、宋恩子，这些坑蒙拐骗、无恶不作的地痞流氓，却是如鱼得水，越活越滋润。到了第三幕，老一代恶人消隐，新一代恶人又崛起，他们的儿子小刘麻子、小二德子、小唐铁嘴、小吴祥子、小宋恩子完美继承了他们胡作非为的"事业"，在作恶这一点上比老子们有过之而无不及。茶馆因为他们的存在更加没有亮光。

沈处长出现在《茶馆》第三幕。一开始，他只是在小刘麻子、小唐铁嘴的讲述中出现——"这儿属沈处长管。知道沈处长吧？市党部的委员，宪兵司令部的处长！你愿意收他的电费吗？""沈处长作董事长，我当总经理！""您的四侄子海顺呀，是三皇道的大坛主，国民党的大党员，又是沈处长的把兄弟，快做皇上啦……""沈处长批准了我的计划！……处长也批准修理这个茶馆！我一说，处长说好！他呀老把'好'说成'蒿'，特别有个洋味儿！"

恶人中的恶人沈处长就这样在恶人们的幕后推波助澜，为恶人们营造了为非作歹的水土，终于逼死了王掌柜。《茶馆》落幕之前，王掌柜凄惨死去，沈处长堂皇亮相，八声"蒿"（"好"）宣告了这个官僚的空洞和冷血，展示了这个官僚秩序的无情、冷酷、不可救药。

二

《茶馆》的写作是对习惯形态的话剧写作的颠覆，亦成为1957年文学史的不和谐音。在最初的发表和出版之后时运不济，在北京人艺匆匆上马，又慌张撤演，这个过程在20世纪60年代经集体意志"加红线"之后又重复一次。"新时期"之后，《茶馆》却获得了来自全世界的赞叹，被西方剧界称为"东方舞台上的奇迹"，不能不说和它的持续焕发光彩的创新性有关。

1958年，文学评论家李健吾先生撰文《读〈茶馆〉》，点明了《茶馆》的特异性："幕也好，场也好，它们的性质近似图卷，特别是世态图卷。"

"图卷戏"正是老舍赋予《茶馆》的主要特征。

请回忆一下你第一次看《茶馆》话剧的感受——不管是在剧场里、电视里，还是在网络视频里，大幕拉开，一片生活图景扑面而来，是不是像一幅描绘清末北京市井的《清明上河图》正在展开？

而随着剧情的发展，你会感受到所有的情节都是松散的，它们不构成一个原初意义的戏剧必须具备的"起承转合"的要素，然而它们共同推动了一个叙事，就是裕泰大茶馆的命运。李健吾说："我们不能向这类图卷戏（恕我杜撰这个富有中国情调的名词）要求它不能提供的东西。"这顺便标记了《茶馆》的"中国性"。

《茶馆》正是在这个意义上超脱了"drama"这个文体的束缚，在更抽象的时空上自由生长。

在这个渐次展开的图卷中，我们最关注的还是老舍执着地在"三个时代"里都加入了越来越难以排解的暗色，让这个《茶馆》的宇宙成为一个魑魅魍魉横行无阻的地狱。

老舍在1940年说："想写一本戏，名曰最悲的悲剧，里面充满了无耻的笑声。"（《未成熟的谷粒》）嗣后，他曾以《四世同堂》对冠晓荷、大赤包、蓝东阳、李空山……一众汉奸的夸张描绘，第一次实践这个"充满了无耻的笑声"的"最悲的悲剧"的写作。《茶馆》群丑的次第登场，是在《四世同堂》延长线上的极端尝试。

沈处长就是在这个极端上出现的最强音。众所周知，沈处长的结尾在北京人艺经典的舞台版本里被删除了，但是很少有人知道，这是20世纪50年代到60年代的权宜之举。这个删除使得《茶馆》的结尾落在王利发自杀之上，把喜剧的《茶馆》变成了悲剧的《茶馆》；而舞台版的《茶馆》的结尾又在王利发自杀的情节之后加了追光，加了《团结就是力量》的背景声，试图将这个悲剧的《茶馆》再转化为正剧的《茶馆》。

这一切努力都是违背老舍本意的。因为正是老舍在《茶馆》的数次修改中，毫无商量余地地保留了沈处长的结尾。沈处长，正是老舍以最有力的讽刺，用最简劲的笔法，从最不和谐处入手，写人世间的最丑恶，在"写一本戏，名曰最悲的悲剧，里面充满了无耻的笑声"的路径上，走到了最高处。

三

《茶馆》发表于 1957 年 7 月，完稿的时间，根据于是之 1994 年的回忆，可能是 1956 年的秋天。

《茶馆》的写作过程，大致说就是老舍先写了一个通过秦家三兄弟反映现代中国宪政史的话剧，这个剧是为配合宣传人民代表大会制度的，但是北京人艺的一干导演、演员、领导、群众只看中了其中写维新运动失败时裕泰大茶馆的第一幕第二场。在大家的建议之下，老舍心甘情愿地放弃了前稿，写出了现在的《茶馆》。这个事件本身非常有意思，因为它是能且只能在"百花年代"发生的：不论是来自人艺的建议，还是老舍的重写。据林斤澜回忆，老舍当时说："那就配合不上了。"

对这个"配合不上"的作品，老舍非常尽心。据说，《茶馆》彩排的时候，周恩来曾经对人艺的同志提议，能不能请老舍先生选择五四、大革命、抗战、解放战争这四个时期来写，想了想，又说，这个我还没有想好，你们先不要跟老舍先生说。后来还是有人传话给老舍了，老舍一笑置之。

与此相参照的还有一件事情。在《茶馆》发表之后，老舍说："有人认为此剧的故事性不强，并且建议：用康顺子的遭遇和康大力的参加革命为主，去发展剧情……我感谢这种建议，可是不能采用。"老舍同时说，写《茶馆》的目的是"用他们生活上的变迁反映社会的变迁"，"侧面地透露出一些政治消息"。必须注意这里老舍强调的"侧面"，他不愿意"正面地"写《茶馆》，使得这个剧本过分政治化、教科书化，这是老舍坚持的底线。

在这里，我们看到，在《茶馆》的写作到定稿的过程中，老舍的艺术自信起到了决定作用，老舍当时葆有的相对自由的写作心态，成为孕育具有自由不羁灵魂的《茶馆》文本的决定因素。

四

同时要注意到的是《茶馆》的语言。写《茶馆》的时候，老舍已经写了十七年话剧，他从一个对话剧写作充满敬畏，称话剧为"神的游戏"的门外汉成长为一个熟练的剧作家。这和他在经营他的话剧世界的时候，对体现话剧本质的"话"有细致的钻研，终于水到渠成、瓜熟蒂落有关。

我们来看看《茶馆》是怎么设计人物语言的。

我们知道，《茶馆》本身很短，舞台演出也只不过两个小时的时间。在这么短的时间里，让七十个人物动起来，各有面貌，各有脾气秉性，谈何容易！但是，老舍四两拨千斤地做到了。

有一个小小的故事。

《茶馆》第一幕，有一个一开始坐在一个不起眼的角落里的大佬，马五爷。当打手二德子耀武扬威，跟常四爷动手的时候，他突然悠悠地说："二德子，你威风啊！"就这么轻描淡写的一句话，令二德子毕恭毕敬，俯首帖耳。而当常四爷想要上前请他评理的时候，他毫不客气地说："我还有事，再见！"就走了出去。这个时候，教堂的钟声响了，这次轮到马五爷毕恭毕敬了，他严肃而又滑稽地在胸口划了一个"十"字，显示了他洋奴的本性。

当然，这个划"十"字的动作，是剧本里没有提供的，应当归功于导演和演员的二度创作。这个二度创作，同时也是演员深入理解剧本，了解作者构思的过程。最早扮演马五爷的人艺艺术家董行佶先生曾经说，他在排练的时候，觉得"二德子，你威风啊！"不够有力，就加上了一个"好"字，变成"二德子，你好威风啊！"但又细加琢磨，才领悟到，马五爷作为吃洋教的大流氓，对二德子这样的小打手，是不需要用"好"这个字来加强语气的，又把这句台词恢复为剧本的本来样子。这也成为我们理解老舍对语言和人物的精雕细琢之处的一个生动用例。

另外如唐铁嘴的"我已经不吃大烟了！我改抽'白面儿'啦……大英帝国的烟，日本的'白面儿'，两大强国伺候着我一个人，这点福气还小吗"。吴祥子、宋恩子的"谁给饭吃，咱们给谁效力"。包括沈处长的那八个"蒿"，都是老舍生动精彩的话剧语言的例证。

美学家王朝闻先生曾经写过一篇数万字的长文，《你怎么绕着脖子骂我呢——看话剧〈茶馆〉的演出》，刊登在《人民戏剧》1979年的第6、7、8期上，这篇文章也有助于我们理解《茶馆》语言的精妙之处。

最后要说的一点是，欣赏《茶馆》，光阅读《茶馆》的文本是不够的，必须看话剧，而且必须看北京人艺演出的《茶馆》话剧。北京人艺这个剧目一直在上演，至今已经六十余年了。如果没有条件到剧场看，至少也应该看视频，特别是1979年的珍贵舞台版视频，观看视频（当然，最好是现场表演）将大大地有助于我们理解和消化这部剧作。

为什么好人没有好报

陈晓兰讲巴金《寒夜》

一

巴金是我们大家都非常熟悉并喜爱的作家。他的小说《家》在中国已经是家喻户晓的名作。巴金在 20 世纪 40 年代创作的长篇小说《寒夜》，则在人物塑造和艺术形式上更加成熟、完满。

《寒夜》的创作，开始于 1944 年的寒冬。

当时巴金住在重庆一间小得不能再小的屋子里，就着烛光，伴着街上的叫卖声、吵架声、空袭的警报声和屋子里老鼠的啃噬声，写这部小说。断断续续，持续了一年多的时间。1946 年 8 月份，开始在上海的《文艺复兴》杂志上连载，到 1947 年 1 月刊载完毕。那时，巴金已经从重庆回到上海。

巴金在谈到这部小说的创作时说："我只写了一些耳闻目睹的小事，我只写了一个肺病患者的血痰，我只写了一个渺小的读书人的生与死。"小说的主人公汪文宣是那种我们天天见到、到处能遇见的人。他身体柔弱，眼睛无光，终日勤勤恳恳工作，到处遭受白眼，不声不响地忍受不合理的待遇，逆来顺受，心地善良，奉公守法，安分守己，忍辱苟安，只希望自己能够无病无灾，简简单单地活下去，从来不会想到伤害别人。

可是，这样一个谨小慎微的好人却得不到好报。他在痛苦中煎熬，生病、失业，妻子远走高飞，最后在贫病交加中孤寂地死去。巴金说："在小职员汪文宣身上，也有我自己的东西。我也有像汪文宣那样的朋友和亲戚，我看着他们受苦受罪，可是却帮不了他们。"他曾经对法国的朋友说："我要不是在法国开始了写小说，我可能走上汪文宣的道路，会得到他那样的结局。"连巴金这样的人，都认为自己身上有小说中的人物汪文宣的某些东西，那么，我们会不会在主人公的身上也看到自己的某些影子呢？

二

巴金，作为一个具有人道主义关怀和个性主义激情的作家，一直在他的作品中为这类人申冤，巴金对于这一类弱小、卑微的老好人，充满了同情和怜悯，他希望旁人不要以他们为榜样。

在《寒夜》这部小说中，巴金深刻地剖析了造成汪文宣不幸命运的社会大环境和家庭小环境。他的悲剧命运和他的个性，都是不合理的社会造成的。汪文宣这样的人，并非生来就是如此。

汪文宣出身于读书人家，受过良好的教育，大学时学的专业是教育学，青年时期充满了激情、梦想和改造中国教育的远大抱负。他与许多经受五四个性主义精神洗礼的青年一样，追求自由恋爱和个性解放，自主爱情和婚姻。他与志同道合的新女性曾树生，也是他的大学同学，自由恋爱，未婚同居了十四年，生了一个儿子汪小宣。七八年前，也就是1937年前，他们满脑子都是自己的理想、教育事业，希望致力于乡村教育、家庭教育，他们做梦也想不到他们会沦落到这样的境地。

小说开始的时间，是1944年冬，男女主人公汪文宣和曾树生三十四岁，本来应该正是年富力强、大展宏图的年龄。可是险恶的社会环境、家庭的矛盾，一天天地消磨着他们的精力。

汪文宣变成了一个未老先衰、暮气沉沉的人。他在一个半官半商的出版公司做校对员，领一点勉强糊口的薪水，无法维持一家的温饱，还要遭受部门上司的盘剥和同事的白眼。小说中写到汪文宣所在的部门周主任，从来不给他好脸色，还克扣员工的工资，可是年终一分红，他却可以拿到二三十万。同事们为了讨好他，为他庆生凑份子，为了不使势利的同事嘲笑自己，汪文宣也拿出了仅有的一千元。这位主任既贪婪，又刻薄，汪文宣认为，若不是他这样刻薄地对待员工，妻子也就不会为了钱跟他吵架，母亲也就不会日夜操劳家务。

汪文宣为不能养家而内疚、自责、羞愧。经济压力消解了汪文宣的男性气概，也使得他由于营养不良而身体衰弱。他在妻子、母亲面前，在公司里乃至在整个社会上，都为自己的无力、无用、无能而深感羞愧。

小说中写道：

> 他个人的痛苦占有了他的整个心，别的身外事情再也引不起他的注意。……生活的担子重重地压着他，这几年他一直没有畅快地吐过一口气。周围的一切跟他有什么关系呢？人人都在对他说，世界大局一天一天地在好转，可是他的日子却一天比一天地更艰难了。

经济窘迫、营养不良、工作辛苦而且毫无意义，再加上精神上的痛苦和压抑，汪文宣从咳嗽转为肺痨，最后被公司辞退。妻子曾树生远走高飞，最后在举国庆祝抗战胜利的锣鼓声中，汪文宣离开了人世。

在那样一个坏人升官发财、好人得不到好报的社会里，汪文宣处在寒冷和黑暗中，他感受不到温暖，看不到光明，也没有未来。正如巴金在小说中多次写到的那样：警报来时，汪文宣随着人流躲进防空洞，天空一片黑暗。"你除了望着那一片黑，什么也看不见，什么也做不了。"

在一个寒冷而黑暗的社会里，家庭也不可能是避风港。"贫贱夫妻百事哀"，汪文宣处在妻子和母亲永无休止的战争中。巴金在批判社会环境恶劣的同时，深刻地剖析了私人生活空间——家庭，对于个人的巨大影响。

三

造成汪文宣悲剧命运的，除了不合理的社会，还有他的家庭。汪文宣在面临着来自战争、社会和经济压力的苦难的同时，还经受着来自家庭战争的另一重痛苦和折磨，经受着情感生活的痛苦。

婆媳之间的战争——家庭内部的斗争，是中国家庭的永恒战争，也是中国男人特有的人生难题。《寒夜》中汪文宣的性格，有点像巴金《家》中的那位大儿子觉新，但是又有很大的不同。巴金在《家》《春》《秋》中描写了一个父权制下大家族里的生活，特别批判了专制独裁、为所欲为的家长，如何掌控并毁掉年轻人的幸福乃至生命。《寒夜》则是通过汪文宣的母亲与妻子之间的斗争，揭示了传统观念与现代观念的无法共存。二者之间的斗争消耗着汪文宣的精力，汪文宣处在母亲与妻子之间的两难境地，难以做出非此即彼的选择。

汪文宣的妻子曾树生，与汪文宣是大学同学，大学教育专业的毕业生，现在，先前的理想已经全部抛弃，她只想生活得好一点。她在银行里做职员，收入自然比汪文宣高，她不仅经济独立，而且是家庭的经济支柱。在当时如此恶劣的环境下，她依然充满朝气，身体健康，喜欢热闹的生活。她深爱着汪文宣，也忍受着婆婆日复一日的刁难。对于曾树生而言，这个家也是一个寒冷、阴暗的封闭世界。

曾树生作为一个独立的女性，在男人的世界里工作，遭到双重的威胁：一方面被社会上的男性视为欲望的对象和花瓶，另一方面又受到传统家庭的排斥。汪母对于曾树生这个儿媳妇百般挑剔、冷嘲热讽、吹毛求疵，尽管她知道儿子离不开曾树生。她理想的儿媳妇是那种逆来顺受、孝顺婆婆，待在家里伺候丈夫，生儿育女的传统女性。汪母固守着已经过时的那套女性观念、婚姻观念，拒绝、排斥曾树生，不惜亲手毁掉儿子的幸福。汪母可以为自己的儿子牺牲一切，卖掉自己的所有，但是，她其实自私、顽固而又保守。她除了儿子一无所有，儿子就是她的一切，她存在的价值，她与社会的联系，都是借助儿子完成的。她给了儿子生命，也只关心儿子的身体，小说常常写到母亲缝衣、做饭的场景，她看得见儿子身体上的痛，却不能真正理解儿子精神上的痛。

她明知儿子的幸福快乐大半来自他与曾树生的情感生活，但她依然拒绝接受曾树生。她蔑视曾树生对于汪文宣的自由恋爱和未婚同居，她把工作的女性称为花瓶，她一面花着曾树生的钱，却对曾树生的工作嗤之以鼻，更无法理解男女之间的正常交往。曾树生最终离开汪文宣，汪母的排斥是主要原因之一。汪母希望自己和儿子建立一个只有他们两人的封闭的世界。

在汪文宣的毁灭和悲剧中，汪母有着不可推卸的责任。正是汪母不断挑起家庭内部的战争，争吵和仇视，寂寞和贫穷，消耗着汪文宣和曾树生的精力。而母亲对于儿子的掌控，来自她的牺牲与奉献，日夜操劳的母亲让汪文宣时刻感到自己的无能和失败，对于母亲，他除了迁就、退让就是沉默。

《寒夜》中的婆媳之战，也是汪母所代表的传统观念与曾树生所代表的现代观念之间的斗争。巴金透过这种家庭矛盾，揭示了现代观念与传统观念难以化解的矛盾。母亲抓住了儿子的灵魂，汪文宣无法甩掉过去的阴影和重担，如同他无法离开母亲一样，他本身就来自这种传统，他不得不背负这重担，他无力前行。

　　巴金在感情上明显地倾向于汪文宣与曾树生，巴金一直都是站在子辈的立场批判父辈的专横与权威，批判父辈所代表的传统文化中那些扼杀生命、残害青春的黑暗的力量。